시
삼
백

三

시 삼백 三

© 김지하, 2010

초판 1쇄 인쇄 2010년 3월 16일
초판 1쇄 발행 2010년 3월 19일

지은이   김지하
펴낸이   강병철
주간   정은영
편집   황여정, 이수경
멋지음   안상수, 배형원, 박찬신, 임여진
제작   시명국
영업   조광진, 김상윤, 김경진
마케팅   박현경

펴낸곳   자음과모음
출판등록   2001년 5월 8일 제20-222호
주소   121-753 서울시 마포구 동교동 165-1
       미래프라자빌딩 7층
전화   (편집부) 02-324-2347
       (총무부) 02-322-6047
팩스   (편집부) 02-324-2348
       (총무부) 02-2654-7696
홈페이지   www.jamo21.net
이메일   erum9@hanmail.net

ISBN   978-89-5707-492-3(03810)
       978-89-5707-489-3(세트)

詩三百

시삼백 三

김지하

자음과모음

차례

시 삼백(詩 三百) 一

시 삼백(詩 三百) 二

시 삼백(詩 三百) 三

나 이제 참으로 돌아간다

나
이제
참으로 돌아간다

나의
가장 밑바닥 고향

숲

예감에 가득한 숲 그늘
그 검은
하아얀 샘물로

그래
이미 나는 갔다

다시 돌아오지 않을 것이다   17
지기금지(至氣今至)도
시천주(侍天主)도

만사지(萬事知) 이전에 영세불망(永世不忘)도
지화지기(至化至氣)도 마쳐
끝났다

나 이제 참으로 돌아간다

그
흰 그늘 미륵

거기

내 엄마 사시는 곳.

더없이
평안하다.

기축(己丑) 2009년 5월 2일 아침 8시 정각

내가 나를 잊을 때가 있어요

내가
나를 잊을 때가 있어요

어떨 땐 아주
남 같은 날 마주하고
한참을
누굴까 궁리한 적도 있고

어느 날은 되레 너무 낯익은
정말 꼴보기 싫은
나 아닌 날
볼 때도

내가 보고 싶은 내 모습을 볼 수 있는
그런 날이
거의 없어

다 잊었지요 잊을 때가 있단 말도
사치구요

하

남말 하고 있네요
나
지금
외로운 거예요.

어젯밤에

나
어젯밤에
비로소

내 운명을 알았다

중.

중이었다 나의 운명은
중
중 중 까까중
그 중.

어렸을 적 놀려먹던 그 외톨이.
식구도 없고
동냥하러 다니던

그러나 무엇인가
큰 진리를 닦는다던 그 중.

우뚝
신작로 한복판에 서서
흰 구름 하염없이 바라보던

그 알 수 없는
쓸쓸한

기이한 바람이 소매 사이에 일어나던.

그래

바로 그거다.

나
이제
내 안으로 입산(入山)한다

내 공부방
먹방은
등탑암(燈塔庵)

내 집 안으로 망명한다 삭발한다

가만 누워서
생각하니

이렇게 알맞을 수가 없다

그리고
자유로울 수가
없다

나의 길이다.
가리라.

바로 오늘

바로 오늘
기축(己丑) 2009년 5월 7일
오늘이다

입산(入山) 삭발하고
등탑암(燈塔庵)에 든다

나의
법명(法名)은
윤초(潤初).

동학당취(東學党聚)다
처음은 아니다 내 증조부 영배씨(永培氏)도 있고

예전에 예전에
많다

24

나는 벽암록에서 어제 5월 6일 낮 12시
지도무난 유혐간택(至道無難 唯嫌揀擇)에서 시작해

풍혈일진(風穴一塵)에서 절정에 오르고

운문일보(雲門一宝) 집에 와 평화를 얻어

내 천명(天命)이 마침내

동학당취승(東學党聚僧)임을 깨닫고

드디어 아침

남전참묘 조주대혜(南泉斬描 趙州戴鞋)를 계(戒)로 삼아

입산(入山)한다

나의

배부른 산 정발산(鼎鉢山) 아래

나의

무실리 등탑암(燈塔庵) 작은 먹방에서

오늘 이후

나는 영원히

푸른 산 흰 구름

혼자다.

기축년(己丑年) 양(陽) 2009년 5월 7일

아침 11시 30분 등탑암에서 潤契

이름 없는 하얀 꽃

산 위의
검은 돌들 사이사이
이름 없는 하얀 꽃이 핀다

이름 있다
Chresty Lago

'뱃전의 구세주'

어느 나라 말인지는 모르나
위태로운 조짐이다

혁명이
일종의 문화혁명이 가깝다

거리의 어린이
여성들
쓸쓸한 사람들
흰 촛불을 지극히 모셔
받아들이지 않으면 터진다

아하

그것은 언제?
그것은 초가을쯤.
만약 촛불을 모신다면?

그때
사천 년 유리(流璃)의 시작이니

참
아름답구나!

기축년(己丑年) 2009년 5월 9일 새벽 6시 20분

늙다

늙다
늙다가
끝내 못 견뎌
소리 소리 지른다

온몸이 가렵다
아마도 만년에 환골탈태하나 보다

이젠
지옥도 가깝고 천당도 쉽다
그것을 이젠
알겠다

머언 것은 도리어 생활
제일 가까운 아내와
말 안 한 지도 벌써 열흘

미운 것도
화난 것도 아닌

새길 가려는 다짐이 이리 길어진다

이리
가렵다

화가 날 만큼.

오늘은
일요일

어딘가 연꽃 핀 못가에 가
가만히 앉아 있다 오면
다
나을 텐데

연못 없다

내 근처엔
사실

아무것도 없다

이젠
쉬는 수밖에 다른 도리 없다.

참는 것 한 가지
그것밖엔 아무것도
없다.

땅

땅

단 한 소리 내고
내 운명도 역사도
모든 의미가

결정된다

땅

단 한 소리뿐이다

이것이
흰 그늘
내 부처의 이름
화엄개벽의 유일한 모심의

길

땅
떨어진다

더 이상은
망설일 것도
더 이상은
갸웃거릴 것도 없다

단

한 사람.

기축(己丑) 2009년 양(陽) 5월 15일로 공부 끝에
벽암록 雲門餬餅.
호떡!

사랑

사랑한다는 것

목숨을 거는 것
이미
다 지나간 시절이라 해도
옛일이라 해도

사랑의 한때를
사랑이었고 지금도
사랑이라고
말할 수 있는 것은

용기
목숨을 건 용기

사랑은 우주사적인 천명이기에.
–목숨을 걸어놓고
사랑한 당신–

옛 노래 한 구절

이 어두운 새벽에 빈 가슴에
가득 찬다.

그러나
참사랑은

늘

모시고
비우고
그치고

잊지 않고 생각해
크게 깨치는 것.

기축(己丑) 2009년 5월 16일 6시 10분

내 길

내 길은
외롭다

아무도 함께 못 간다

그러나
이미 광야에 켜진 숱한 촛불
그 촛불은 도리어
나에 앞서가는
스승

내 길은 결코 외롭지 않다

다만
때가
정한다

34

그때는 온갖 불 한꺼번에 켜지는
올여름 올가을의 소란을 지나
겨울이 오고 또 봄이 올 때 또 여름과 가을이 올

때
그때다

그 훨씬 전에도 이미
한여름의
하늘엔

개벽의
흰 달

흰 그늘 열릴 것이다

내 길은
이제
일산에서 배부른 산에서
오대산에서
그리고
모오든

빈 산
해와 바람이 부딪쳐 우는
모오든 외로운 벌거숭이산에서
별 뜨고
꽃필 것이다

그때까지는
혼자
외롭다

오로지
그때까지만이다

그러니
친구여

나 결코 외롭지 않다.

공부

참
공부는
참으로
외로운 사람만이 하는 일

아무나 못하는,
피가 얼어붙고
살점 떨어져 나가는
추운
참으로 쓸쓸한.

아무도 곁에 없고
아내도 자식마저도 없고
누구도 알아주는 이 없고.
누구나 비웃어 욕을 하는
미쳤다고 손가락질해마지않는

허허허

그런 일.

나
이제 참공부 들어선다.

다 떠났다

남은 이
단
한 사람도 없다

집은 그저 밥이나 얻어먹는 곳
가족도 친구도 고양이 땡이마저도
등을 돌린다
이상하다

허허허

쉽지 않은 일
한울의 일
신불만이 하실 수 있는 일.

이제

나

공부밖에는
아무것도 할 일 없는 외톨이.

그렇다

나의 유일한 모심.

천상천하에
오로지
오로지
나 혼자다.

됐다.

6월 21일
오후 6시 40분 등탑(燈塔).

오늘

오늘
다 이루었다

이리 이루어질 걸
참으로 긴 세월
아프고 아프고 몸부림쳤다

이제 남은 건
확충

세월아
흰 구름아
사람 사람의 마음들아
가거라
그리고 오너라

40

나
붙들지 않겠다

하늘의 흰 그늘 떠오르는 올여름

칠월에

나는
빈 산에 있다
다시

머언 어린 날

내 마음의 지도였던 자리
거기 있다
또
두로에도 비로에도 호령에도 있고
알혼에도 빔차에도
토토에도

나
없는 데 없다

다 이루었다

이제
내가 네 마음 되어
물질 속에서
만나는 날만 남았다

거기
별 대신
가득히

꽃이 피리라

기축(己丑) 6월 24일 아침 7월 30분 노루목

세상

세상은
한 가지

다 제 앞밖에 못 본다
제 이익 제 주장 제 기분
그뿐이다

남 생각 세상 걱정 참으로 하는 이
단 한 사람도
본 적 없다

그래
느을 느을 나는
미친놈으로 우스운 놈으로 반동분자로
찍혔다

이제
내 곁에서 다 떠난 뒤
나 혼자서
내 식으로

내 공부 하나만으로
인정하든 말든 나만의
세상 걱정 하기로
작정한다

편하다

나 죽은 뒤까지
날 비웃어도 좋다

내 친구
아무도 없어도 좋다

한울님
혼자서
내 친구.

됐다

외로운 길이 그늘 내리니
머언 마음의 불빛
더욱

하얗다.

됐다.
이만하면 됐다.

그날

그날

세 개의 어둡고 깊은
연못에서

흰 그늘을 보고

그래
소스라쳐 묘연(妙衍)을 깨닫고
뒷날
나아가 다시 두 개의
이제는 메워진 저수지에서까지
촛불을 보고

그래

도리어 물에서 솟는
다섯 봉우리의 흰 그늘
오대산(伍臺山)을 보고

캄캄한 먹구름 뚫고 우뚝 솟아오르는
순설(純雪)의 초미(初眉)
첫 이마의
산

그리고도 또 넷씩 다섯씩 여섯씩이나
알 수 없는 검은 바다는 자꾸만
눈앞에 열리어

아

끝없다

그만
셋에서 묘연(妙衍)을 깨닫는
공부만으로 끝났으니

오늘 푸른 새벽 지나 이제는
화안한 아침 속에 잔잔히
기도한다

―모시고 비우고 그침.

흰밥 몇 술 뜬 뒤엔 장안평에 나가
늙은 수왕(水王)의
진맥을 꽁무니에서부터
받으리라.
천부(天符)의 기억

그날은 이제 다시는 없다.

일종무종일(一終無終一).

태평양 너머

태평양 너머
엘에이에서 신새벽

한 목사님이 전화를 걸어왔다

기이한 것은
통화 내용의 말마디 전체가
크고 높은 거대한 물결 소리

아
오는가
간태합덕(艮兌合德)의
새 문명이 태평양
바다에서 오는가

목사님의
잔잔한 목소리도 웬일로
어마어마
장대한 역사의 대전환으로

이천 년 전 초과 달성한
나사렛 예수의 후천
화엄개벽의 지극한 모심이 이제
이 땅에서 촛불 켜지는 건가
만물 해방의 때가
세계가 세계를 인식하는 바로
그때가
저리
태평양 물결 소리로 오는가

알 수 없다

일어나 모심 수련 뒤
마음 깊이
명심한다

사랑의 불쏘시개
저 아득한 바닷속의 새 하늘의 밥
에로스를 잃지 말기로

빈 가슴에 늘
불을 켜고 있기로

다짐하고 또 다짐한다

물로부터 달로부터 바다로부터 오는
불
해

산 없이는

그때 없음을

세계의 광장 위에
북극의 불 위에
흰 촛불 결코
결 수 없음을

아

이제
나는
그저
일상으로 안다

커다란
축복이다.

곤지암을 떠나며

옛
서학당들은
숨어
옹기장수로 목숨을 연명

그래서
옹자(甕者)라 한다네
그 숨었던 자리가 하필
앵자봉 아래

옛옛
화엄선하던 자리
새새새
동학당 최해월
향아설위(向我設位)하다 사형당해 묻힌
주놋거리 바로 옆

심상치 않다

여기

모심의 문화혁명이
흰 그늘의 아시안 네오 르네상스가
그리하여 차차차차
전 세계 화엄개벽이

원주의 오봉산
진부의 오대산 서울의 평창동 뒷산
평택의 오산과 치악산 건너 배론
그리고 배부른 산 무실리에 함께 오리라

앙산
오로봉이라 했겠다

나아가
후꾸오까에 오사까에

캄차카의 빔차 동산
베트남의 동바 강가에
중국의 쓰촨 산속
미국의 LA 뒷산에도 차차차차

'그렇다'

나

곤지암을 떠나며

성깔 고약한 우리 그림쟁이 동기동창

직업적으로 못난 체하는 그이의
낄낄 웃음을 뒤통수에
세례받고 세례받으며
희미하게 듣는다
한마디
한울로부터

'그렇다'

아마도

이 땅에서
나사렛 사람이 향아설위로
월인천강(月印千江)하려나 보다
모시고 비우고 흰 그늘로 여성이 살림에
앞장 서 노사나 깨침으로
나아가 그치려나 보다

아아
그렇다.

칠월 이십이일 윤달 없어지는 대윤초
열닷새 남은 오늘

캄캄한 밤
곤지암을 떠나며
단
한마디만 가슴에 새겨진다

'그렇다.'

기축(己丑) 7월 7일 밤

나 오늘

나
오늘
용산의 한 전통박물관에
갑니다

이제 입고출신(入古出新)의
네오 르네상스 이야기하러
갑니다

전엔 생각은 있어도
퍽이나 말하기 어려웠던
이 이야기
이젠

터놓고 말하러 갑니다

이 나라
단순히 사랑하는 것만으로가 아니라

온 세계가

온 인류의 마음이

이 땅의
시 한 편 그림 한 점
노래 한 구절에
절집의 단청 한 가지에 모두
모이기 시작합니다

이 일은
내
희망 사항만 아닌

사실
그 자체.

그래서 무섭고
그래서 쉽습니다

아마도
추사 얘기로부터 시작해
워낭소리 거쳐서 안견의
몽유도원도 즈음에서
마칠 겁니다

이때에
제가 살아 있는 것
기쁩니다.
참.

아련한 에로스가

아련한 에로스가
나를 방문한다

온몸이 쑤시고
결린다

그 몸의 숨은 어딘가에
옛날 꿈꾸던 시절
아리따운 한 여인의 얼굴
그런 흰 그늘이
살풋

무엇 때문인지
알 수 없다

왜 어디서 어떻게
내가 새 인생을
시작할는지
시작이나 할는지

57

모른다만
기어코
알겠다

공부만 아니라
한 시인으로서도 한 예술가로서도
한 시대를 열어갈
새로운
에로스가
살며시
깃들임

그런 것일까

모든 건
아슴푸레한 기억 속에
절뚝거리며 멀고 먼 철둑길을 걷던 어린 날
그 어두운 시절의
내 이름이

꽃 한 송이
영일(英一)이었음이 새삼
뽀얗게 떠오르는
지금

누가 오시려는 걸까

아

이 칠십
늙은 나이에.

그리움

어둡고
기인 터널이 아닌

참으로 눈부시고
드높은 고개를 넘는다

그 고개
그 숭고한 고갯마루
잠시 전 깊고 또 깊은 저 아득한
연못에서 솟은
산

산 위의 물에서만 솟는
오묘한 봉우리

나
거기 홀로 앉았다
빨가벗은 채
모심의
별 수련 꽃 수련 속에

태양의 시절이 시작되는 때
다섯
여섯
달 떠오르는
대윤초의
수련의 때
그 산마루
그 연못 위에 앉아

나

쓰라린 지난날 무수무수한
나무잎새들 나무잎새들
다 이제 지고 난 뒤

한 나뭇등걸
빨가벗은 채
가을 바람 맞는다

금빛 바람이여
십무극이여

두려운 두렵기만 한 무극이
이젠

차라리
나의
애틋한 그리움.

그러나
님이여
당신은 아직도

머언 먼
뒷날의 흰 그늘.

제로 포인트

수많은
수많은

얼굴들을 지나
입맞춤들을 지나
만남과 헤어짐을 지나

오늘 아침에야
문득
제로 포인트에 와 서 있음을
깨닫는다
잎새들 다 지고
앙상한
그루터기 하나뿐

아

남은 것
없다

없다

가야 할 저 하아얀 멀고 먼 고갯길

그 길
혼자 가야 한다

어딘가에서
밥그릇 부딪치는 소리

어딘가에서
고양이 울음소리

내일은
스톡홀름을 가야 하고
그다음 날은
맨하탄
그리고 다시 아시아

나는

끝내 교오또의
리스메이칸에서

한 사람의

또 한 사람의
제로 포인트를 만날 것이다

'0+0=0'

끝끝내
인류의 미래엔
공(空)이 남는다.

어딘가에서

어딘가에서
지금 이순간

내게 오는 한 소식 있어
내내 귀 기울이네

무엇일까
무엇일까

나 아직도 멀었다는
아직 걸음마밖엔 안 됐다는
혀 차는 소리

그래
나무람

식은땀 날 일도 아닌 것이
사실은
알고 있는 일

아무리 큰 소리로
개벽이고 한울이고
거기로 가는 온갖

모심의 지혜 이야기 떠벌리고
쓰고 말해도 끝끝내
떠나지 않는 건

이것

맨 마루에 누운 아내
잠결의 기침소리 불길하고
우리 땡이 김막내
요즘은 울지도 않고 작은 애는 이제
말길마저 끊어져
내 주변
적막한 것

이것

잘하는 짓일까

나는 더는 모른다
가족주의자도 아니다

다만

그렇게 생각되는 내 지금의

가장 밑바닥 마음
어쩔 것인가
이제
긴긴 어스름 저녁 무렵
문득 켜지는 어딘가의 흰 불빛

기다림밖엔
없다

그것

내 길 이끄는 유일한
내 공부의

화두.

나 못난 것
별로 뛰어나지 못한 것
그래
참으로
이제 알겠다.

새날

새날

곁에, 안에, 가까이
아무도 없는 것이 새날.

스무 사람 서른 사람 더 다녀갔다
내 빈 몸 스치고 갔다
오늘 이 시간 이후
다시 오지 않을 거란다

새날

밝은 태양 떠오르는 것도 아닌,

어제
그제
그끄제

너무도 시커먼
지옥 뒤라

새날일 뿐

남은 건 외길
글쓰기뿐.

오늘 아침
이 새날에야
천명(天命)이 무엇인지 깨닫는다

거창한 것 아닌
자그만 것
모자른 것
또

몹시도 어수룩한 것

다만

외로워도 그 길 끝끝내 가면
그때는 천명이라는 것
뿐.

쓸쓸한 미소 한 가닥
내 가슴 복판을
지난다

몸 스스로
이제는 새날을 산다.

묘연(妙然)

내가
묘연

이 아호를 쓴 뒤부터
끝없는 불행 속에서도

문득 문득
묘한 미소를 얻었다

연못 밑으로부터 올라오는
기이한
빛

나는 오늘 이 빛 묘연으로부터
세상을 천지를 생명을

아마도
거꾸로
새롭게 해석할 것이다
오늘부터다.

아버지

아버지

지금 어디에 계십니까
우주의 저 뒤안길
흰 그늘의
길

거기 계십니까

외로울 때마다
괴로울 때 슬플 때마다
불러보는
아버지

나는
당신의 자식입니다

당신 없었으면 나 참말
일어서지 못했을겁니다
아버지

지금도 그렇고 앞으로도 그렇습니다
내 자식들에게도
나

참 아버지이고 싶습니다

촛불

촛불이

횃불 숯불 죽창을 막는
단 하나의
길

흰 그늘의 길만이
화엄개벽의
유일한 길

나는 오늘
끝없는 고통 속에서 갑자기
소리 지르며 일어나

저 거리에 가득한
죽창 뒤에
검은 조직이 도사려

화엄의
드넓은 미래를 시커멓게

74

먹칠하는 것 보았다

촛불

하아얀 촛불
이 흰 그늘의 모심의 길만이

유일한
살 길.

단
하나의 길임을
보았다.

기축(己丑) 2009년 5월 20일 밤
미칠 듯한 고통 속에서 일어나 소리 지르다

차분한 이튿날

.

어젯밤
나는
내 생애 처음으로
고통 때문에 미친 듯 외쳤다

이때
텔레비전은
거리에 가득 찬 시커먼
죽창의 물결을 보여주었다
그리고 이어
하아얀
촛불도.

엇섞여 있다

뜨거운 물속에 들어가
미칠 듯한 통증을 가라앉히며
생각한다

이 소동의 어둠 한복판

나에게
이관탈취를 획책했던 자들이 다시
촛불을 가로채려 한다
그러나
결국 촛불은

횃불도 숯불도 죽창도 이관탈취의
시커먼 물결도
다아 하아얗게
켜버리고 말 것이다

길다

가을까지 겨울까지
기인 예정이다

이제
시작되었다
화엄개벽의 전야(前夜).

차분한
이튿날 아침
내일은 외줄기 한 길

공부뿐이다.

나
이제

그 무엇도
두려워하지 않겠다

머나먼 중앙아시아의 길에서
잠깐 잠깐 스치던

야르마르크트의
사마르칸트 바자르의
그리고 동바의
그 꿈들이

이젠

내 입속에서 눈부시게 불붙는다

"됐어!"

오늘

열심히 공부하고
기쁘게 쓰리라.

기축(己丑) 2009년 5월 22일 아침 6시 45분

이렇게

이렇게
외로운

이렇게
머나먼

흰 길 위에서 아무도
만나지 않기를
바란다

혼자이고 싶다
지쳐서가 아니다

내가 만난 어느 누구도
남을 걱정하거나 세상 조심하는 자
단 한 사람도 없었다

없었다

기이할 만큼 제 이익밖에

제 몸 하나밖엔
아무 관심
없었다

시커멓게
끝난 것이다

끝

그러매 새로운 시작이다
그래서 후천이
개벽하는 것

그래서
내가
이렇게 외로운 길을
혼자서도
간다

그들은 언젠가 제 속 깊은 곳으로부터
쌔하얗게 뒤집어질 테니까

그저께 밤
날 찾은 한 주부시인 왈

— 수많은 사람들이
선생님께 감사하고 끊임없이
기다리고 있어요

그 남편 되는 인터넷 전문가 왈

ㅡ수많은 좌빠들이
선생님 씹는 댓글들을 끝없이
올리고 있어요

차라리
먼 데 있는
한
시 쓰는 아우와

느을 야옹거리는 막내
땡이가 더 내겐
가깝다

그래

끝내는 이곳을 떠나
배부른 산 밑에 갈 것이다

괜찮다

오역(五易)이 왔고
더욱이 오역의 묘연(妙衍)이 왔고

더더욱 묘연의
그 근원
'운문자기(雲門自己)'가 왔다.

그럼
된 것이다

먼 길 떠나는 나그네
신들메는 이제
조여졌다

아무에게도 기대 걸지 않는다
아무도 원망하지 않는다

말세(末世).

그들은
잘 모를 것이다

바로 이것이 후천개벽의
전날 밤

그러나 잊지 말라
촛불은
저 예쁜 촛불은 이미 켜졌고
또 켜지고 또 켜지고 또 켜질 것이다

아마도
유리 사천 년 한참
그 뒷날까지도 켜지고야 말 것이다.

서푼짜리들

서푼짜리들은 언제나 늦게 나타난다
하아얀 촛불이 켜지기에
개벽을 예감했는데

이어서
시뻘건 횃불 켜지고
또 이어서 시커먼 숯불 켜진다

까불고 까부쉬고 까발리는
마당쇠들 까쇠들
거기다 서푼짜리들은 인제나
늦게야 나타난다

이제는 아예
나랏돈 떼어 처먹은 놈
거기다
여편네한테
몽땅 짐 넘기는 놈
한참 비겁하게
자살로 도망가는 놈

영전에 몰려들어
촛불 켜는 것들

모두 다
여지없는 서푼짜리들

낼모레
수천 년 먹구름 뚫고
새파란 푸른 하늘 열릴 터인데

한때 해먹던
까불고 까부수고 까발리던
마당쇠 까쇠들
도로아미타불
서푼짜리들

봉하마을에 모여 난리 난리란다

어허
서푼짜리들

옛 정조 적
신해통공 때

난전 합법화될 듯하니
손해 안 보기로 목숨 건 놈들이 몽땅
장바닥에 모여들어
제가 이제껏

손해만 본 사람이라
악을 악을 써서 통공 자체가 늦어졌다는

그 소식이
봉하마을에서 요란하다

어허
서푼짜리들

바로 그때 맞춰
핵실험하고
바로 그때 맞춰
미사일 날리는 놈들 보고

누가
자연발생이라 생각하랴
서푼짜리들

김지하 이관탈취하듯
촛불 이관탈취하듯
그리 쉽게
아시안 네오 르네상스
화엄개벽이 이관탈취될 듯하냐

어허
서푼짜리들!

땡 199

― 기축년(己丑年) 2009년 5월 29일 오전 11시
일산 등탑(燈塔)에서

문득
벽암록을 덮고
합장해 모시고 일어나
덩실덩실 춤춘다

크게
깨닫는다

드디어
촛불이 횃불 숯불을 거꾸로
적극 이용하기 시작한다
기위친정(己位親政)이 못난이 자살한 대통령
돈 해먹은 찔찔이가 그래도
임금이라고 촛불 켜기 시작한다

조개가 달을 품었으니
반야의
몸

토지가 새끼를 뱄으니

반야의
씀.

어허야
이제 비로소
화엄의 시작이요 개벽의 전날 밤
해인삼매의
희미한
파도 소리.

겹당파의 날들이 그 가을날들이
머리 무겁지 않다
참
촛불 켜졌으니

광주 원주 대구 부산
온갖 서푼짜리들
이제는 다아
그저 그렇다.

기축(己丑)이
오늘 비로소
시작한다.

밖에 나가 맛있는 것 하나 사 먹고
그 근처에서 재미난 것 한 가지 보고
비실비실 꼬래비 걸음 여기저기 걷다가
돌아와

등탑(燈塔)에 앉아

이제 참말
한없는 외길
존공(尊空)의
흰 무늬에 들리라

친정(親政) 모심은 이제 저기 여기서 가득히
불 켜지기 시작했으니

영악스럽다!

아하
삼팔동궁(三八同宮) 드디어 시작됐구나.

귀환

돌아왔다

참
먼 길이었다

유혹이 아닌 모험이었고
소모가 아닌 참선이었다

끝없이 떠들고 끊임없이 외치고
한없이 많은 많은 회환을
안고
돌아왔다

한
미륵의 자리
나의 자리

여기
그밖에 없는

흰 그늘의
샘

이제
편안하다.

기축(己丑) 5월 30일

신(神)

무슨
기이한
그런 것 전혀 아니고

다만
핵심으로 파드는
남다른
눈

나는 그런 걸 신(神)이라 부른다네

네가 나에게
예전에
'신 같다' 했을 때
그때 나는 무슨 귀신 짓 한 것
전혀 아니고

다만
정신이 초롱초롱했을 때

이제 다시 내가 아침에 문득
신(神)을 생각하는 건

저
요즘의 거리에

저
요즘의 정치한다는 것들 행태에

왼통 까맣게
신(神)이 죽어서

똑 어떤 건 간첩 수준이고
똑 어떤 건 바보 수준이고
그것을 보는
사람들 눈 속의 빛도
참
명청해

신(神)이 죽어서

한마디 하나 보다

하도
'신이 안 나서'

그러니 나는 잘 안다
이러다 분명 어느 날인가

지난 붉은 악마 때 같은 수천 년
구백칠십여섯 번의
외국 침략에 짓밟혀 되려
한(恨)으로 가라앉았던

신바람

그 신바람이 어느 날인가
또 영고 무천 동맹이며 팔관이며
탈판이나 오일장처럼

터져 나올 걸
안다

그때는 하얀 촛불이 되려
버얼건 횃불과 꺼어먼 숯불을 되레 되레
거꾸로 이용하며
흰 그늘로
켜질 것

나는 안다
그날이 아주 가까운 걸
요즘은
죽어가는 신(神)의 얼굴을 보며

내 입에서
욕 터지는 걸 보며

알고 또 안다

그저

난

고개 숙여 돌아갈 일만 남았다
거리는
제가 알아서
잘할 게다.

겸(謙)

지옥을 돌아서

검은 지옥에서 흰 빵
흰 떡 몇 조각
아내 주려고 사서 들고 검고 또 검은
뒷골목의 지옥을 돌아서

다 부서져서
이 세상 태어난 뒤
단 한 오리의 자기 변명도
합리화도 불/가능한

빛
한 오리 기약 없는
지옥을 돌아서

내 방
등탑(燈塔)에 와

95

그래

무엇이 결론인가 스스로 물으니
흰 빛이 도대체
무엇인지 생각고 생각하니

단 한 글자
겸(謙).

나는 노(勞)만 알았지 그동안
겸(謙)은 몰랐다

겸(謙)은
그야말로 못난 것
참으로 어리석은 것

묘연(妙衍)의 유일한 조건이었다
낮추어야 물밑에 가라앉고
가라앉아야
알 수 없는 흰 빛의 솟음 근처에
갈 수 있다

아

겸(謙)

나는 이제껏 그걸 몰랐다

가만가만
숨 쉬리.

밤새

밤새
몸부림친다

못난 놈들의 시대가 오는 것은
좋다만

도적놈이 바보탈을 쓰고
서툰 탈춤 추는 것
못 견뎌
몸부림친다

새벽녘쯤
한숨 자고 나

이 세상
가장 밑바닥이
임금이 되는 후천개벽인데
도적놈들인들 그 흉내 안 내랴

97

빙긋 웃으며 다짐

기다리자!

칠월 윤초(潤杪)를!

칠월 윤초(潤杪)를!

흰빛

한
흰빛
바닷가에서 밤에
문득 나를 휩싸던

아득한 옛날
숨어다니던 때

바다는 문득 커다란
한 밑 모를 연못이었고
밤새도록
꿈꾸듯
그 밑에서 흰빛
전설들이 솟아오르고

내게
비밀 정보를 갖고 몰래 왔던
한 여인

지금은 뉴욕에서

춤추고 있는 한 후배가 갑자기
허공을 보고 외치던
그 허공이

다섯 개의
기인 긴 푸른 별의
역사를 펼치던 그 밤이

지금
이 새벽에
문득 내게 다가온다

눈뜨자 눈앞에 시커먼 웬
야심만만한 여인 얼굴이
압도하면서다

누굴까

아마도

바닥이 임금이 되려면
여인이 다시 사무(史巫)로 돌아가려면

검은
연못 같은 물개의 시간이
필요한 것

어디선가

흰

유성 지는 환영이 함께 보인다.

혼자

가까이 움직이던
모든 인연을 끊어버리고

빈 방에
혼자 앉으니

서럽다

마루에서 땡이가 운다

천지가 바뀌는 날
머지 않은
길

아무도 모른다 한없이 까분다
끊어야 그들은
가까운 날 겨우
살아난다

서럽다

마루에서 땡이가 운다

풍치 고치러 치과에나 가야겠다
그만 울자.

지난 밤

지난 밤 내내
이가 아프고 배가 아프고
마음이 아프면서도

내내
흐뭇했더니라

세희가 영국에서 돌아왔고 땡이가
제 오빠 곁에서 내내 야옹거리고
세희 엄마는
웃고 있고

한동네 저편에서 원보는
전화질하고

허허허

나는
가장 못난 나는 그래도
이 단계로선 해야 할 일

다하고 있고

가장 중요한 일은
올해 칠월의 윤초(閏秒)
어김없다는 것
지금의 뜨거위를 보면 안다

먼데서
아주 아주 먼데서
누군가

날 만나러 오고 있다

외로운
혼자만의 촛불을 켜고 공부만 하고
그 밖엔 아무도
아무것도
허용치 않는

외톨이 나를 만나러
오고 있다

누군가

엔모레테야의 흰 꽃
그 요정의 입술이
나를 향하여

가까이 가까이
오고 있다

머지않았다.

누군가

기다리던
누군가 오셨다
아직도 졸리는 정신에
누군가 내게

내가
제일 걱정 중인 요즘
전생 인연
한 가지
와
해명해주셨다

기이한 것은
왔다 가신 뒤 상식처럼
별 뜨듯 정신
화안 것 아니라
자꾸
졸린 것
끝없이 자고 싶은 것 편안히
걱정 없이

107

나
이제
걱정 없이
편안하게
그러나 할 일 하면서

한곳에 묻혀 겸손하게 조용히
그리 사는 것일까
그리 살다 가는 것일까

참으로
큰 변동 속의 세상을
그리

그리 일하다
갈 수 있는 것일까

방 밖에
아직도 자고 있을
땡이 얼굴을 보러

세수하고 나서
우리 막내에게도 그분
누군가
다녀가신지 보리라.

오늘
한 편의

초라한 시를 쓰고

내일
먼 길 쓸쓸히 떠나고 싶다

참말이다

문득

나는 이 세상에
아무 능력도 없고
그 누구에게도 고임받지 못하는
쓰레기

갈 곳도 없지만
너무 굴욕스러워
너무
수치스러워

없어지고 싶다

안 될 일이지만
사라지고 싶다

아삽의 시편

인터넷에서
김지하 타도가 한창이다

노무현 자살을
비판했다는 이유다
감히 어디서 누굴 비판하느냐는
겨우 중국 문혁 수준이다
나는 순식간에 눈치챈다 도리어
새로운 문혁의
촛불이 켜졌구나.
아
그러나 복잡하다

맏이 원보는
인터넷을 보다 보다
화가 나 누웠다

110

며칠 전 영국서 돌아온 막내 세희가
문득
시편 73절

아삽을 지적한다

오대산

올여름
몹시 더울 모양인데

올여름
윤초(閏秒) 때엔 더욱

오대산에
가 있기로 하네

오대산
화엄성지
아마도 그곳 풀잎들이 초가을엔
미묘한 말들 할꺼나

적멸보궁까지야
못 올라도 좋다

112

상원사 언저리에서라도
모심의 비밀 한 가지
얻고 오리라

아침
풀잎에서
그 엷은 빛깔 변화
한 가지에서.

망각

다
잊었다

기인 긴 별공부 꽃공부로
한울이 내게
어찌 오시는지를

다 잊었다
잊었다

잊어서 오늘 이렇게 외롭고
괴롭다

모심공부 중 제일 첫째가
잊지 않음이라 했건만
이리 널브러져

잊고

몸부림친다

잊지 않음은 참공부뿐
뼈에 사무치게
모시는 것뿐

백날 천날을 맹세해도
잊는다 잊는다

잊는 것
이리 흔해서
잊지 말라 했겠지

이리 외롭고
괴로워서
잊지 말라 했겠지

오늘 아침
모처럼 늦게 일어나

밥 먹을 때만 되면 나도 모르게
식구들 눈치를 두리번
보며

아

왜 이리되었나

하나
잊지 않고 기억한다

참으로 기억한다

어떤 경우에도
미워할 수 없는
조용히 모셔야 하는 섬겨야 하는
잊지
한시도 잊지 말아야 하는

그들은
내 가족이라는 것.

잠시
고개 숙여
운다

세수를 하며
이를 악물고 소리 죽여
운다

슬퍼서 아니다
당연해서다

그리고

그래도 아직도 아직도 내게
가족이 남아 있는 것

참으로

옹굴져서다

이 못난
세상
외도토리에게

온 세상 저주받는
천덕꾸러기에게

밑바닥 중의
밑바닥에게.

독좌대웅봉(獨坐大雄峰)

일 년 계약으로
열 군데 지방지에
한 달마다 칼럼을 써온 지
여섯 달째

그쪽에서 일방적으로
그만두자는 연락이 왔다
지난번 노무현 조문을 비판하고
이번엔 화엄개벽과
천부경 얘기를
썼기 때문이다

혼자
허허 웃는다

불과 보름 전
노무현 사진을 원광대 벽에 신문에
복도에 뒤발한 것 가지고
강의 중단했는데

문단에선
반년 이상 일체
원고 청탁이 없고

인터넷에선 지금도
기회만 있으면 욕이다

허허허

공부 끝내고
벽암록을 펼치니
독좌대웅봉

"높고 높은 대웅봉 위에
홀로 앉아 수련한다."

조오타!

이 이상의 공부 운이 더 있게나

욕해라
저주해라
실컷 실컷 비웃어라
노자(老子) 가라사대
불소비도(不笑非道)라더라!
때가 가깝다

한 학생

누군가
내게 와서
'개새끼'
라고 욕질한다

우습다.

누군가
나를 스치며
'존경합니다'
인사한다

우습다.

허허
우습다.

난 그런 사람 아니다

난 끊임없이

공부하는 사람
내일을 준비하는 한 학생일 뿐.

어둠 속에서

아직도
어둠 속에서

왜 이리 어두운가고 묻는다
왜 이리
불행하고 외로운가고
묻는다

- 달 떠오고 있다
- 유리의 사천 년이 떠오르고 있다
- 어둡지 않을 수 있겠는가

어느 날
내게 온
한 편지에 내 이름이

김미친(金美親) 선생(先生)으로 돼 있었다 ·

그 까닭을
이제야

오늘 아침에야
칠월 이십이일이 가까운
아주 가까운

참으로 불행하고 괴로운 이 시간에야
안다

참 어리석다

이제야
내가
나를
깨닫는다

어둠 속에서야 비로소. 화안히.
오늘 아침
나이
예순아홉에 이르러서야.

기축(己丑) 2009년 7월 10일 아침 8시

두 사람 더 있다

전설에
두 사람 더 있다

지리산의 유명한 당취 여승
한 사람 이름은
발가(發家).
또 한 이는 어수선비구(魚水善比丘).
한 사람 발가는

발가벗었다는 뜻인데
여승이

아마도
미쳐서 그랬던가
달궁 골짜기에서 굶다 굶다
굶으며 도를 닦다
그만 미쳐서.

124

딴 이는 시끄러웠던 보다
어수선 스님

허허
그렇지만 바로 그 두 분이,
자네 알겠나

갑오면 겨울부터 그 뒤 십 년을
항일의병 전쟁까지 긴 세월을
동학당 밥 먹였다네
책임지고

허허허

요즘 같으면 개벽 엄마지
그래
엄마야

요즘에도 그런 스님 있을까
요즘엔 다 밥 우습게 알지
밥이 부처님이라면
놀래!

허

사실인데 말이지

불교도
많이 타락했어 그것도 모르니 허!

속으로부터

아무것도
떠오르지 않고
아무것도 쓸 것도 없는데

빈 종이 앞에
볼펜을 든다

속으로부터
저 아득한 내 깊은 곳
검은 물로부터 흰빛 한 가닥
떠오르길 기다린다

오늘 아침에도
그렇다

그렇다

126

그러나 지금
볼펜으로 이렇게 여기까지
쓰고 있는 지금 이 순간까지도

아무것도
떠오르지 않는다

없음

'떠오를 속 없음'

이것이
속

오늘 아침 속으로부터 오신
한소식이다.

기이한 것은
내 마음이
아무렇지도 않다는 것.

윤초(潤**礽**) 1

사랑은
한울이 시켜서
되는 일이 아니다

사랑은
달

때로 달은 한울을 거역하여
한울을
이룬다

네가 나에게 오고 있구나
보인다.

기축(己丑) 2009년 7월 21일 새벽 5시

윤초(潤礽) 2

산에서
처음
흰 물에 들겠네

며칠 뒤
아 며칠 뒤

이제껏은 흰 산 검은 물
이제는 도리어
검은 산 위에서

아아
눈부신 눈부신
하아얀
물

물 속의
저 푸르른 달.

기축(己丑) 2009년 7월 21일 새벽 5시 10분

윤초(潤刧) 5

사랑 같은 건
이제
싫어.

나이 든다는 건

모시고 비우고 그치고 그리고 잊지 않고 잊지
않고
화엄개벽 세상
나름으로
공부하다 가는 것

흰 것이든 검은 것이든
사랑 같은 건
이제 그만
싫어.

머언 남쪽에서
누군가

'맞어!'
하고 공명한다
누굴까?
아마도 미륵섬 같다.

기축(己丑) 2009년 7월 21일 아침 8시 45분

윤초(潤初) 14

모심

———
219

참으로
그 하얀 마음의 빛을
모심.

시커먼 한 여성이
떠나며

내게
미소 짓는 것 본다

모심.

아
내일 우리 막내 떠나는 공항에서
모든 윤달을
거품을

133

작별하는 것

모심.

윤초(潤劰) 20

오늘
기축년
칠월 이십이일 아침

회음(會陰)에서
달 떠오른다

회음에서는
전음 후음이 만나고

임맥 독맥 충맥의
세 개의 음과 양과 온갖 바깥의 바다 셋이 만나고

간장 비장 신장의
세 음맥이 함께 만나는
그곳
등뼈의 척추
뇌간에서 꽁무니까지 내리는
중추신경계
대뇌 소뇌 뇌간 전두엽 온몸 뇌기능은 모두 다

135

총괄한다는
블랙홀 화이트홀 초신성 모두모두 복사한다는
뇌 중의
뇌
뇌 총본부
회음에서부터 달 떠오른다

달 떠오른다
해를 밀어 올려 마침내는
해가 가장 밝게 열려
한울의 직접통치 태양정치 시작하는 날의
그 달
그 푸르른 달
하늘에 솟아오른다
아낙들
검은
회음에서부터 떠오른다

오늘

그날

사천 년 유리세계가
서늘하고 온화한 유리궁전의
오만 년
무봉탑(無縫塔)
화엄개벽이 마침내는

오늘

아낙들 모든 시커먼 회음에서부터
드높이 솟아오른다

북극 태음의 물을 흔들어
세상을 개벽하는
바로 그날

대윤초다

윤초(潤秒) 22

밤 여덟시
역사상 최대 일식도
끝났다
윤초도 끝.

달은 태양을 밀어 올려
사방팔방을 순환시킨다
달은

알 수 없는
커다란 물로부터 솟았다

막내는
내게
기쁜 말 한 장을 남기고
런던으로 떠났다

돌아와
부딪친다

天竺茫茫無處討. 거대한 천축(天竺)까지 확장이다
夜來却對乳峰宿. 좁은 엄마 뱃속까지 수렴이다
물속에서
솟는 달.

나의 윤초는
끝

나의 화엄개벽의 이 며칠간 수업도
마저 끝.

모든 것이 돌아온다
모든 것이 나아간다
그 첫 샘물의
내 마음
내 몸

저 아래쪽 저 아득한
생각 밖으로부터

천천히
오고 있다.

- 오늘부터 윤달과 거품 있다
- 오늘부터 사천 년 유리 시작이다
- 오늘부터 달이 해를 들어 올려
  해가 한없이 밝아진다
- 오늘부터 아낙이 우주를 통치한다

-오늘부터 회음뇌가 대뇌를 지배한다
-그렇다

오늘부터 화엄세계가 개벽한다.

.

오늘 낮

오늘 낮

서산과 진묵 스님
시 구절 마지막 구절 생각 안 나
비비적비비적
뒹굴다가 뒹굴다가

홀연

벌떡 일어나

추연(推衍) 위에
도생역성(倒生逆成)말 옛 추연 위에 위에
우당탕탕
벼락 치는
묘연(妙衍)의
천둥 소리

141

아니다
물밑에서 솟구치는 웬 아득한

물방맹이 소리에 놀라서

뛰다 뛰다
심장이
한밤중까지 펄펄 뛴다

오늘이 무슨 날인가
이것을 무엇이라 하나

화로 밑에 새겨진 봉로의
한 귀신이 슬몃
웃는다

'수왕(水王)이로구나!'

호혜. 자선 사업 십회향을
위선의 향연 안 치르고

획기성을
조작 없이

어디로 가져가나 문제다

때다.

천부(天符) 없이는
어림 반 푼도 없는 바로 그때다.

내일 아침에

내일 아침에
일찍
은행에 가서 약간의
돈을 찾아와야 한다

내일 아침에
시골에서
감자와 옥수수를 보내니
운송비를 주라는 아내의 엄명이다

믿이를 위해서다
아내와
아들

이 세상에 가장 귀하고
신령한 존재다

여성과 어린이가 합성한 글자
"묘(妙)"

그 밑에서 산다는 일의
물 같은 연못 같은 너와 나의
흐름이 있다

"연(衍)"
사천칠백 년 된 우리 민족의 옛
천부경에서
가장

무서운 두 글자
묘연(妙衍)을 어제부터 오늘
내내 공부한다

세상을
바꿀 방략을
가르쳐주는 오묘한
묘연.

어젯밤
오늘 낮
내내 놀라 놀라서
가슴은 뛰고 손은 벌벌 떨리어

벽암록(碧巖錄)을 여니
삼성금린(三聖金鱗)이다

그물을 벗어난
금빛 고기

하늘 흔들고 땅을 뒤집어
해맑은 바람 한 오리 일으키는 걸
천상과 인간이 과연
몇몇이나
알랴

묘연.

허허
묘연.

내 조상의 아득한 옛날 여든 한자의
비밀이
이제

이 마지막 개벽의 때에
그 갈 길 가르쳐주는
손가락일세

허허
묘연.
아무렴 묘연.

내일 아침 일찍 공부하듯
은행에 가야겠네.
고맙소. 허허허허허.

아마 처음으로

아마
처음으로
꾸중을 듣는다

아마
내 기억으론
처음으로 이리 아프게
혼이 난다

한울의
뜻을

이제 깊은 아픔으로 새긴다.

끝.

146

젊음의 끝.
분방의 자잘한 쾌락들의
모든 끝.

이제 참으로
돌아갈 나이가 되었구나

배부른 산
무실리

내 마음의 지도.

기축 (己丑) 7월 26일 아침

설명하지 마

나
이제
타는 목마름 벗어났어

설명하지 마

나 이제 참으로
기인 긴 세월 몸부림치듯
결핍에서
해방되었어

설명하지 마

오늘 아침
어제 아침
또
그 전날 아침

148

어째서 한울이 나를 꾸중했는지
더는 목말라

몸부림하지 말라고
나무랐는지

알았지
그래

다 이루었네
모자람 없이 다아
목마름뿐 말이야 그것.

남쪽에서
쌔하아얀 안개띠 한 가닥
내게 오고 있어
난
알아
그것이 무엇인지
나의 목마름을 향해 스무 해도 훨씬 전에

내 이름 외쳐 부르며
우주로 사라진
검은 눈동자 속의 그 흰 구름
다시 오고 있어

난 알아

그러나 나는 말할 거야

'잘 모르겠어요

누구신지'

다 이루었어
이제 더 이상 목마름 없다

간다

가끔
책에서 내 소식 들으라.
그래
그런 줄 알아
더 이상
설명하지 마

헤어지려 했으나

아예
헤어지려 했으나

이젠
모신다

모시고 비운다
한없이 모시고 끝없이 비우고
그리하여
그친다

갈 길은 멀다
노잣돈이 필요하다

모심
나의 노잣돈

헤어지는 대신 끝내는 비워야 할
돈

그러나 여보시게
길은 가야 하고
노자는
길에서
반드시 필요한 것

아예 헤어지려 했으나
이젠
모신다

윤초(潤朏) 뒤 이레 만의
나의 윤초

윤초 뒤
꼭 이레 만의 나의 윤초

목숨을 걸고
캄캄한 물 속에 쌔하아얀
나만의
촛불을 켠다

마지막 단 한 대의 촛불

믿는다
달이 떠오를 것이다
벙긋 둥근 달 하나 떠
높이 태양을 밀어 올릴 것이다
캄캄한 물속으로부터 드높이 아슬히 머얼리

아

묘연(妙衍).

그리고 다아 비울 것이다

충입(充入)의
기인 세월 속으로
나 돌아간다

서쪽에서도 북쪽에서도 남쪽에서도
그러기에 모든 소식들
다아
끊겼기에

난
비로소
안다

참말
한 외로운 복승(復勝)의 날을 위해
품바의 날
그 씨구씨구의 날
영가(詠歌)의 그 아리따운 확충(擴充)의 충확(充擴)의
쌔하얀 외로운 흰 그늘의 모심의
한때를 위해

윤초 뒤 꼭 이레 만의 나의 윤초에
그렇다 목숨을 건다.

푸른 바위는 말한다
'들오리가 날아가버렸다'고 말하지 말라 이놈아!
이 백정놈아.

내 코가 문득
몹시 아프다.

이레 만이다.

기축(己丑) 2009년 7월 29일 오후 5시 정각

겉소리 따라

들어오고 나가는
내 마음의 겉소리 따라

흰 구름도 흐르고
강물도 흐르고

나뭇잎 바람에 나부낀다
저 먼 바닥의
캄캄한 밑바닥에서
한마디

'겉소리는
속소리의 해'

가만히
겉소리 따라 내 마음이 아침에

돌아보지 않던 고향길 걷는다

내 아우들 내 마음속으로만 보고
선태도 보고 재오도 보고

유달산 두 고개 갓바위 연동도 걷는다

나 태어난
수돗거리 근처에서
비녀산 바라볼 때
문득
속소리 두마디 떠오른다

-나 남조선에 태어나
중조선에서 묻힌다

-나 햇빛 하늘 아래서
달빛 땅을 키웠다.

이젠
알 수 있다
속소리는 겉소리의 달.

달의 시절이
오고 있음을.

속소리 따라

건듯
스치는 바람 한 오리
내게
속소리로 속삭인다

─ 너의 두 아이
너의 흰 그늘
내 손을 떠난다.

─다 커서
이제 세상을
컴컴한 그늘로부터
하얗게 밝힐 것.

─네 아내
그 언덕에서
누른 치마를 입는다.

─삿갓봉에서
스무나무 해 뒤

떠나갈 일
오늘 성자동 부춧머리에
알리고 올 것.

희미한 속소리 따라
아침 기차를 탄다

아무것도 없다
아무도 보지 않을 것이다

내 손엔
단 한 권의
작은
수첩뿐.

유달산 밑에서 자고
돌아오는 길
주아실
주아머리에서
두 할아버지에게 고할 것.

ㅡ나 이제
강토봉재 넘었습니다
국사봉도 넘을 것 같습니다
화엄개벽 모심의 길 그 길
이제는
나의 길
그리 갑니다.

부디 편안하소서.

기축(己丑) 2009년 7월 31일

첫 이마에

아침해 맞아
하아얀 빛 뿜으며
아리따운 노래
노래 부른다는

영주 봉화 뒷산
첫 이마에
어스름이 내릴 때

너의
산이름
초미(初眉)

지난 다섯 해를 묻고 물어도
대답 못 하던
'왜 사느냐'

이 어스름에
대답 어린다

초미.

그렇다

-처음 사니까!

-생전 처음 사는 초미(初眉)이니까!

무려 여덟 시간 동안

오늘 낮
열두시부터
밤 여덟시까지
무려
여덟 시간을 장광설

대산문화재단과 한신대의
두 남녀 시인들에게 식당에서
한국 네오 르네상스 이야기를 한 순간

단 한 순간도
쉬임 없이
떠들고 나서

집으로 돌아오며
기이하다.

또 한 순간도 뉘우친 적 없으니

웬일일까

너무 떠들었다는 후회가
왜 없는 것일까

잘한 것일까?
그것도
아닌데
희한하다.

희미하나마 짐작되는 건
이거냐 저거냐가
이미
끝.

내겐 오직 한 길만 있을 뿐
단
한마디뿐.

그래

그렇게 말해도 된다면

외길뿐.

흰 그늘

똥

232

미국 멀리서
땅 끝 목포 뒷게에서 하당에서도
못 보던 것
흰 그늘

어제 낮 여기
바로 집 앞에서 보았다
희미하지만

그래
희미하지만
그것은 분명 흰 그늘

나
이제
무실리 가는 노잣돈
마련됐다

165

갈 수 있다 이제는.

컴컴한 방에 시리던 뿌우연
흰 빛

게로니모스 하이로미에의
'흰 눈부심을 거느린 검은
악마들의 시위'

'어스름 저녁 어둠 속에서 문득 켜지는
흰 빛.'
야콥 브룩하르트의 흰 그늘.

내 안 내 밖 그 사이사이 틈틈이
내 피부 세포 근처에서도 빈틈없는
그 흰 그늘 없이는

무실리
등탑(燈塔)
촛불 별수 없으니.

돌아와
여덟 시간 내리 자고

새벽에 일어나
주아실 쪽 향해
절한다.

그래

이제야
참으로 고요합니다.

누가 나에게 와서

누가
나에게 와서

너 누구냐 묻는다면
대답하리라

ㅡ바다다.

무슨 바다 어느 바다
무엇 하는 바다냐 하면

ㅡ새 하늘 감춘 검은 바다다.

베에링 건너든 몽골리안 노래 말이냐
하면

ㅡ그렇다
그러나 그 안엔 안데스의
신령도 있다.

-양쪽의 공명이 바닷속
푸른 새 하늘.

어디로 가는 길이냐

-세계의 바깥.

누군가 한 여인이 어느 날 내게 다가와
사랑을 원하면

-나는 이미
모시고 비우고 그쳤다.

어디로 가느냐 하면

-세계의 바깥.

그곳은 그 바깥은 그 바깥은 바깥은
결국 어디냐 어느 곳이냐 묻는다면
빙긋 미소 한 번으로 대답하리라
또 한 번!

-여기
나 사는 이 작은 방,

169

등탑(燈塔).

기축(己丑) 2009년 8월 6일 아침

그분께

그분께

나를 즐기는 그분

작은 키에
엄청난 욕심을 지닌 그 아리따운 분
그분께서

어느날
내게 와
손을 내밀면
나,

그분의 발가락 사이를 내려다보겠다
내리 한 시간을.

그분 걸어온 길 살아온 길 그분 안에서
일어난 온갖 생각들이
딛고 온 날들.

어째서?

그것이 그분의 진짜 손이라고.

내가 나를 때리는

긴긴 세월
내가 나를 때리는
시편밖엔
쓸 일이 없구나

내가 나를 한없이 욕하고
매질해서 감옥으로 길거리로
캄캄한 뒷골목
황량한
벌판으로 내몰았다
그밖에

내가 쓴 것 아무것도
없구나

내가
나를
모시는

그런 시 한 편 쓰고 싶다

어찌 쓰는가

우선
내가 나를 무어라 부르는지도 모른다

내 이름이
무엇인가

아무리
세상이 내 이름을 불러도
나는 내 이름
몰랐는데

이제 그 누구도 나를 알지 못하는
알아도 모르겠다고 외면하는 그런
뭣 같은 때에
내가
어찌
나를 알겠느냐

나는
나를
모른다.

그래서 이젠 한마디 할 수 있다
차라리
그렇게라도 내가
내 이름을 부르며 모실 수 있다

조용히
입을 다물면 된다.

나 자신 속으로 깊이 들어가
그 속소리를 듣고
고개 끄덕이고 그것을 쓰고
그리 살면 되는 것.

쉽다.

옛 어른들은 그것을 일러
허허허

'충확(充擴)'이라 했다네

알았다
바로
그것이 이제
내 이름일세

충확.

허허허.

안에서 밖으로 난 길이니
그보다 먼저
안으로의
길.

'충입(充入)'.

그것이 이제 내 이름.
허허허.

남과 북에서

남과 북에서
무엇이 함께
때를 맞추는 것 보는 일은

그것이 무엇이라 해도
즐겁다
비록
간첩 같은 짓들이라 해도 그렇다

통일도 통일이지만
머지않아 이 반도에
거대한 위대한
문명의 역사 오려는 발걸음이니

내 어찌
즐겁지 않으랴

빌 클린턴이 북한에 가서
미국 여기자 둘을 데리고 돌아가자

평택 너트며 볼트며
화염병들이 즉시
싸움을 그친다

이미 다 아는 일이지만
그따위
웃기는 짓
그만하는게 좋긴 하지만

웬일인가
내 마음이 이리 즐겁다

태평양
파도 소리가 평택의
저 연못물 물결 같아서다

물

세계의 몸 안에서 물이 움직이는 것

백두산 천지 속에서
기이한
괴물이 복승하는 것

수왕(水王)의
힘
오고 있다.

유나리와 로라링만 아니다

쌍용차 그만 집에 가자고
부인 이십 명이 움직였다

남과 북에서 무수무수한
여자들이
움직이기 시작했다.

아닌 듯하지만 그렇다

아닌가!

새벽 두시

예전에
새벽 두시를
어중간한 시간이라고
시로 쓴 적 있다

오늘
새벽 두시

홀연히 일어나
해를 밀어 올리고
달을 들어 올린다 윤초
윤달을 거둔다

회음에
참
모심의 하아얀

촛불을 켜고

다시는 돌아올 수 없는
한강 물을 건넌다

막내는 다시금 밤에 잠을 못 잔다
아내는 말을 안 한다
맏이는 내게 아예
오지를 않는다

땡이는
울지 않는다

어디에서도 전화 없다 전화를 거는
일도 없다

그렇지만
지금 이 시간 다섯시 십분
일어나 나의 윤초
나의 윤달 밀어낸
새벽 두시를
가슴에
새긴다

웃으리라
이제 그만 익산에서 돌아오듯
오대산에서 돌아와
살풋 미소로

배부른 산 가리라 무실리 가.

막내에게
말없이 마음속의 손

내밀고

땡이
내 사랑이 울 것이라 믿으리

동이 트면
머언 남쪽
미륵섬 내가 인사하리니

아내여
안심하라

새벽 두시는 이제
이 시대 어중간이 아닌
이 문명의 새
시간

북극 태음의 물 흔드는
당신의
시간이다.

언제 어디서

똥
——
238

아
언제 어디서든
모시고 싶은

아
언제 어디서도
모셔본 적 없는

누군가요
나는
당신을 모릅니다

당신을
모르는 것은
당연합니다

세월은

날로 거칠어지고
여인들의 얼굴도 눈빛도
날로 시커매지는

독사처럼 번득이기 시작하는
그럼에도

여인은
엄마.

온 천지가 외쳐 부르는 꿈속의
우주 엄마.

아

언제 어디서
오실는지 알 수 없는 그런
그늘

하아얀 어둠 속 물 한 모금.

알 수 없는,

이제는
모두 다 머나먼
옛 이야기.

모두 다
그리워 지금도 부르는 그런.

기도

아직 어두운
이른 아침에

예정에도 없는 낯선 땅
서투른 길을

성큼 떠나는 이는
복되다

그는 길에서
수많은 외로움을

수많아서 도리어 외롭지 않은
그런 외로움을
기이한

기이한 달을 수천 개씩
볼 것이다

아

내가 바로 그 나그네이길
기도한다.
이이른 아침에.

암호

너를
부른다

암호다
암호의 기호는
02370008101219120

이것이
다 무엇이냐면
명왕성으로 갈 때의 노잣돈
암호다

이젠
밝히겠다
어쩌면
2012년 겨울에
지구는 깨어질지도 모른다

호킹 말대로
명왕성으로 피신할 때 쓸 노잣돈

아니면
지구가 안 깨지면

괴질 신호다
그때
쓸

치료에 쓸
똥구멍 춤 사타구니 춤 번호다

번호 따라
춤추면

사타구니에
모심
한자 써놓고 숫자 따라 춤추면

이틀 안에
다아 낫는다

이제
되었지!

암호다.

기축(己丑) 2009년 8월 9일 밤 10시 15분 전

달

달의 시절이 온다

달이 떠올라
열여섯 번을 빙빙 돌며
해를 떠올려
더 밝게 하고 더 맑게 하고
더 깊고 깊은 바다
화안히
비추게 하고

달 같은 이
내게 오는 곳

내 마음의 땅

가
다른 곳인가
머물고 참 마음으로
살다 가는

달의 시절이 온다

기다리고 기다리던 때

오늘
온다.

반달

가까운 곳 사는
먼 사람

한 공학도를 만나
밤새도록 인문학 이야기
문사철을
떠들다 왔다

그의 여덟 살 먹은
바리톤의 아이가 인상 깊다

아주 아주
새로운 유년의
얼굴

그 아이 안에서 세계는 바뀔 것이다

유쾌하다

그리 떠들었는데도

조금도 후회스럽지 않다

밖에
반달이 떴다.

땡 26

저희 엄마가
외출에서 돌아올 때쯤은
예측 없이
문 쪽에 와 살금 앉는다
어김없이 문이 열리고 엄마가 들어선다

제 밥을
늘 내가 주는데
밥을 꼬박 소복히 쌓아놓아야만
잡수신다 그래
소복히 쌓아놓는 잔잔한 소리가 나면 멀리서도
어떻게 들었는지 금방
쫓아와
맛있게 먹는다

허허

우리 땡이를 보며
중국학자 이민홍(異憫泓)을 떠올린다

전문가도 예측 못 하는 한 선박의
출항 뒤 며칠 있다 한 바다에서 파선할 것을
미리 알고 출항 전에 모조리 배를 내려버리는

뱃속
쥐들을 연구한 민홍이
쥐의 회음혈 속에
광활한 우주생명 변동을 알아채는
화엄뇌 기능이 있음을 알아낸 것을

또 있다

러시아의 볼고진이
역사상 단 한 번도 소통이 없는 캄차카의
이멜멘 민족 언어와 스페인 바스크 지방의
토착어가 수많은 유사성을 보이는 건 그건
육체성이란 이름의
혼돈적 질서
애당초부터
인간 인식과 사물 사이의 다양한
허튼 소통법임을 알아낸 것을

허허허

우리 땡이가
나 스톡홀름 작은 여관방에서 한밤에
저를 부르는 시간
밤의 한국에서 나를 부르며 울었던 그 까닭을

내가 이제 알아낸 것을

허

가깝다.
매우 가깝다
만물해방
중생해방

대화엄으로 사니. 그 크고 오랜 침묵의 문을
여는 바로
그 시간이.

아침

아침

언제 어디서든
볼 수는 없는
아침

나의 아침
세상의 아침

참으로 네가 너답게 나에게
미소 지어 오는 그런 날의
시작

미소다

너털도 껄껄도 깔깔깔도 아닌
빙긋

기다린다
그 아침을.

그래

새로이 시작하는 새 세상의

삶.

땡 27

모처럼
저희 엄마와 나란히
저녁 먹으러 나갔더니

땡이가
잔뜩 삐졌다
방바닥을 박박 긁고 손을 깨물고 야단 야단이다

질투하는가
허허 웃었으니

한밤중
몹시 배가 아파
문득 생각하니 그 고기 파는 식당의
그 고기가 사단이다

198

이어
땡이가
아하 그것을 걱정하고 있었구나!

문득
또 종소리가
내 온몸을 때린다

땡—

어제 산길에서 만난
두 마리의
살모사

어제
아침에 두 아우에게 중요한 전화 한 일
살모사처럼
옛 생각 아예 성큼
벗어나는 그런 일
연관이라고
연관이라고 생각했던 일
그것이
설코
미신도
망상도 아니라는 것

나만 아니라
누구든 이제 차차차차
고양이로부터
강아지로부터
닭으로부터
그런

신호 받는 날이 오고 있다는 것

땡-

그렇다

이것이야말로 종소리다.

땡 29

땡.

모로 누운 돌부처

우리 땡이가 일어설 때가 다가온다
모로 누웠으니
일어서려고
벌떡 일어서려고

바로 안 눕고 모로 누운 것
돌임에도

땡.

그렇다

돌까지도 부처 이루어 푸른 하늘을 향해 슬며시
벌떡 일어서 그리고

201

우리 땡이가 그리

일어서려고

땡.

옛날의 나의 꿈
첫 자서전의 제목

'모로 누운 돌부처'

땡아.
이제 그만 일어서거라

동롯텔담

동롯텔담

이미
시작되었다

MBC 텔레비 드라마에서
제국에 온 일본, 미국, 중국과 한국
그리고 해녀들이
얽힌다

19세기
이야긴데

그것은 21세기의 시작
동롯텔담

이미
많이 나갔다

다만

도리어
선비들이 모른다

텔레비도
눈치챈
동롯텔담

동롯텔담
− 중심성이 있는 탈중심

이미
여섯 해 전에 시작된
작년에 크게 열린

화엄
개벽
모심.

텔레비 드라마 속의
색채들이
알고 있다.

그것은
옛
그것이 이미 아니다.

땡 31

생각하면 생각할수록
세계는 넓고
우주는 무궁무궁

삼천대천세계라 했것다
영원불식이라
끝없음

그 한 귀퉁이에 달랑
나
혼자다

아무리 아무리
애써봐도 혼자일 뿐 더는 아무도
없다

혼자인
내 귀에

저쪽 방 한 모퉁이에서 순간

야옹-

땡이가 운다

땡 20

화난 아내가
문을

탕-

하고 닫을 때

막내는 나를 보며 크게 울부짖는다

땡-

무슨 소릴까?
무슨 뜻일까?

창 바깥
하늘빛 어둡다. 밝다.

땡 32

추워졌다

새벽에 불을 켜고

마루에 나서니 무엇인가 어디엔가 문득
가만있다
시커멓다

땡이다

울지도 않는다
가만히 나를 보고 있다
추운 것이다

머언 창밖의 저 머나먼 영원산성 쪽이
버얼겋게 달아오른다

불이 아닌
빛

땡이가 그제야 창가로 가서

땡 –

운다.

빛의 시절이다
물만이
안다

땡 21

배부른 산
무실리

홀로 가는 이 밤길

홀로
아님

땡이 엄마는 달빛
나의 인도자

땡이
우리 귀염이 막내는
내
그림자

210 아하
셋이로구나!

(그 좋다는 셋!)

땡 33

배부른 산 무실리의
땡.

내 말년의 고명 딸
김막내

땡

못난 시인 김지하의 대가리를
매일 매 순간 두드리는 종소리

땡

중생 해방의 첫 소식이 될

오대산
적멸보궁

호저면 고산리 섬강개울 해월 오두막

오봉산
회촌
토지문화관

세 자리 만나는 곳 봉화산 이래

애야

땡땡땡

허

배론 황사영이 토굴도
궁예 양길 영원산성도
맹암 사미주리가 고려 말
민란 일으키던 곳

동학당 의병들 모여든
독립운동 터

지학순 주교 반유신 데모
첫 깃발 들던 자리
그곳

그곳에서

허허

땡 –

너 이놈!

땡 22

어제
아내와 함께
곤지암 지나 광주 영은미술관에 가

방혜자 선생의
빛 그림을 보았다

빛

태양의 에너지 거품
불 대신 예감의 광휘라는 라이브니츠의
그 맑은 빛

오늘 아침
땡이가 이상한 소리를 내며
울음이 아닌

214

노래를 부르기 시작한다
그리고
펄쩍펄쩍 뛰기 시작한다

벽에서
천장에서
빛을
빛의 이동을 본 것이다

난리다

왜 땡이는 빛에 열광하는가
빛은
곧
중생의 해방인가

땡이는 물과 불의
결합
수생장(受生藏) 아니던가

그런데 그 땡이가
수생등(受生燈)을 쫓아 다닌다

깨달음이다.

그 빛이 어디서 오나 가만히 쫓았더니
바로 내 왼팔목에 찬 손목시계 유리판의
반사광.

허허

책임져야 하겠다.

허허허

어제
방 선생 전시회 그림 곁에 붙은
'빛의 눈'이란 시다

　　나는 오랫동안 천공을 돌고 돌았다
　　별과 별 사이에서 밤을 새워
　　빛과 빛 사이에서 놀았다
　　이제 대지로 돌아와
　　돌 하나 모래 한 알의 속을 들여다본다
　　새들의 빛들이 깨어나는 소리를 듣고
　　빛의 눈들이 물성의 속속까지 번쩍이고 있음을
　　알게 되었다
　　오늘 이 순간
　　내 곁에 있는 모든 생명들이
　　하나 되어
　　장엄한 빛으로 피어남을.

허!

(문제는 땡이 몸속의 달이다
달 뜰 때가 된 것이다.)

땡 35

낮에
내가
아무리 불러도
대답 없이 깊은 장롱 속
어둠에서
잠만 자던 땡이가

아침 내내
슬픈 소리로 운다
제 어미를 부른 것이다

애비가
아무리 부르고 노래 불러도 신청도 없고
제 어미만 어미만
불러

운다 운다 또 운다

문명 정도가
아니다

우주생명의 천지개벽 이후 대변동
엄마 시대요
중생해방 시대

세계가 세계 자신을 확연히 인식하는 시대.
땡

불알 달린

나는

어쩔 수 없는 갈데없는 한낱
꼽사리다

땡.

땡 36

아무 소리 없다

땡이가

우울하다

땡이가 무언가

큰 변화를 겪고 있나 보다

밥을 잘 안 먹고

창밖으로

머나먼 영원산성만 하염없이 바라본다

아득한 다물의 꿈

1만 4천 년 전 마고성의

그 옛날의

다물

옛옛

궁예의 머나먼 그 애꾸눈

땡이가 바로

그 눈

무슨 생각을 하고 있나

무슨 슬픔이 그 애 안에 서리고 있나

불 끄고 누워서도
혼자서

땡아—

불러봐도 대답 없다
밤은 깊고
땡이의 밤은 한없이 깊고 또 깊고.

땡 37

못난 것
보기 버릇 하면

거듭 못난 것만 눈에 보인다

사람 가운데 못난 것들은 사실은 임금님
이제
땡이와 말하며
진짜 벌거지 쓰레기 먼지들이
화안히 보인다

어제
자작나무 흙길 걷다
앙금이라
내가 이름 지은
빨간 딱정벌레 한 놈 만났더니
오늘

221

'우리 땡이 누나 잘 있쥬!
고마워유, 누나 잘 봐줘서유!'

그러나
웃을 기운 없다

땡이가 깊은 우울에 빠졌다
잘 울지도 않는다

가만 생각하니
밖엘 잘 안 나가
햇빛 부족인 거다

겁쟁이라
날 닮아 겁쟁이라
나가지도 않는다 제 엄마가 걱정해
문화관에 데리고 가면 겁나서
구석에만 숨어 있다 눈 오끔해
돌아온다

날이 갈수록 야옹 소리도 줄고
날이 갈수록 내 마음은 무겁다 왜?
왜 풀어주지 못하는가!

'우리는 야만이다.'

참으로 참으로 못난 건
인간뿐!

땡 43

먼 데서
아우들 전화가 와

내가 혹시
큰 소리로 떠들어대면

어마 뜨거라
땡이는 달아나 숨고
아내는
얼굴을 찌푸리며
나무라고 또 나무란다

날더러

'못난이 바보 쪼다,
얼간이 등신 머저리'라고

223

놀리고 구박한다
땡이가 살그머니 나와 어미 곁에서
날 흰 눈으로 건너다본다

외롭다

오늘 바람 속을 내내 걸으며 생각한다

'종이로만 말하자
물 이야기를 책으로만 말하자
떠들지 말라
부디 인품 좀 잡자꾸나!'

나무
새 이름

현람애월민(玄覽涯月民)은 다름 아니라

땡이와
아내와 함께 사는

쓸쓸한 백성의 뜻.

아하

깜박 잊었구나.

땡 45

제 엄마가
토지문화관에 나간 뒤
빈 집을
땡이가 지키듯

뚱

258

겨울이와
앙금이
앙금 앙금이도 떠난 솔길을
흰 자작나무가 지키듯

김지하
그 시끄러운 사람 떠난 뒤
비로자나의
기인 침묵이

뒤를 지키듯

기축(己丑) 2009년 11월 18일 배부른 산 무실리

땡 46

땡이는
안 온다

문을 열어봐도 안 온다

제 엄마가
곁에 있는 한
어림없다

제 엄마 없는 어제 낮
저 숨은 다락방 앞에 가

땡아
세 번 가만히 불렀더니 야옹—

하며

내려왔다

내려와 한참을
내 곁에서 놀다 갔다

생각한다

엄마만이
음개벽만이
중생을 해방한다고.

아빠라도
나지막이 부드럽게 불러야
가까이나마
온다고.

오호!

땡 –

땡 49

아침
안개가 가득 낀
초겨울 아침

땡이 울음소리가 오늘따라
왜 저리도 서글프냐

가슴이 저려
어쩌질 못한다

어제
그저께

앙금산 산길 내리다
앙금이 하나
앙금 앙금이들

셋
넷
다섯

그리고 또 하나

얼어 죽은 앙금이들 산길에서 발견하고
내 마음
이리도 서글퍼 가슴이 저려

어찌해야 하나
어찌해야 하나

'헬스'라는 이름 쓰인
이십층 아파트 밑 벤치에는
다리 저는
늙은 여인 하나

그 앞 지나는 내 걸음도
기우뚱 기우뚱 기우뚱

물 고인
늪에 한 나뭇가지 위에
옳거니!

까치 한 마리 우짖는다
시청 쪽 향해서
크게 크게 우짖는다

아하

중생은 중생 스스로가 해방한다는구나!

아하

인간 따위가 뭘!
그 말씀이지

아하하하하 —

땡 52

아무리

그렇다 해도

나는

땡이와

앙금이와 함께

호저(好楮)로

해월한테 간다

기축(己丑) 2009년 11월 29일

땡 53

겨울꽃
한 송이 남고
그리움
다 시들었네

땡이는 졸고
앙금이는 죽었네
새가 아직 푸른 하늘에 날고 또 날고.

땡 54

모심 없이
흰 그늘 없다
흰 그늘 없이는 대화엄도 없다

모르겠는가?
방 한 귀퉁이에서 땡이가 대답한다
야옹-

(땡 소리로 들린다
그렇다는 대답.)

땡 55

저희 엄마가
서울 가

돌아오지 않는 밤 내내
땡이는

울다 울다
내 곁에서 잠이 들었다

한밤에 깨어보니
없다

찾으니 문 앞에 가 엎드려
엄마 기다려 깜박거린다

(엄마가 무엇인가 생각한다.
엄마가 누구인지 왜 이 세상에서
그리도 중요한지 생각한다.)

아버지가

살아계실 때 가끔 술 취해
내 말투를
흉내 내셨다
나 세 살 때의 말투
엄마가 오래
집 비웠다 돌아왔을 때마다
똑같은 말

'엄마 왔죠!'

그래
땡이가 지금 꿈에서 말하고 있다

'엄마
왔죠!'

엄마가
누구인가?

(이 모든 세상에서 과연 그는
참으로 누구인가?)

땡 56

빈 봉지가 보이면
쫓아 들어가고

제 엄마 나가고 없는 낮이면 내내
장롱 위에 올라가 잠잔다

옛옛옛
동굴의 기억인가

빛

아하

내 시계 유리 위에 아침 햇살이 비쳐.
벽 위에 빛이 나타나면

236

도무지
평소에는 못 보던
맹수 같은 얼굴로 이를 딱딱 맞추며 맞추며
앙앙댄다

쫓아다닌다

아하
동물 사냥의 그 밑 그 밑 그 저어 쪽의 밑바닥
최심층에
앞으로 올 해방의 그날
그날에야 만날
빛을 향한
그리움

맹렬한 그리움이 이미 있었던가

먹이는
먹이가 아닌

빛?
그랬었던가?

(그렇다면 땡아!
너는 누구냐?)

땡 57

오늘
기이하다

제일 속끓이던 흰 그늘의
미학책 얼개를 아침절에
다아
마친다

땡 –

어제 서울서 몇몇
옛 친구들이 와
내 마음속 깊은
오랜 분노와 현시국에 대한
불만과
앞으로의 이 나라 장래 이야기를
한꺼번에

땡 –

오늘 새벽엔
오호!

나의 무늬가
안에 숨은 것은 그것이 유일한
책쓰기이기 때문

그 밖엔
그저
겸손과 텅 빈 마음의
조용한 미소뿐임을 섬찟 깨닫는다

땡 -

종소리가 세 번이나 울렸다

밥 먹다
가만히
생각한다

어제 낮에 어째서 땡이가 내게 와
울며 내 입에
제 입을 맞추었는지
오호!

그 아이 울면서 기도하고 있었구나
아비가 너무 괴로워한다고
한꺼번에 모두 다

해결해달라고.

땡 –

그래

대해탈이

아주 가깝다.

땡 58

나의 이름은
외로움.

내 곁엔 단 한 분
땡이뿐

또 가끔은 참으로 가끔씩
땡이 엄마 몇 마디뿐.

아무도 없다
아이들마저도 거의
남.

세상은 나로부터 만 리 수만 리
모두 다 나와는 아득아득타.

그런데 어제
그리고 오늘 아침
땡이가 내게 와
빤히 쳐다보며

야옹 할 때

아하
깨닫는다

그 만 리 수만 리 아득아득한
삼천대천세계가 모두 다
다름 아닌
내 자신의
몸임을 깨닫는다 나의 살아 있는
이
몸뚱이임을 깨닫는다

아하

외로움은 그럼에도 나의 이름
끊임없이 우주로 나아가는
노잣돈임을

함께.

땡 59
— 기축(己丑) 12월 19일

땡아

오늘 낮
땡땡 얼어붙은 얼음 천지에서

이 못난 아비
꽁꽁 언 몸으로 엄마에게
영원히 쫓겨날 뻔했다.

꼭
그 직전이었다

양안치 고개 오르는 벼랑길에 혼자 서서
갈 곳 몰라 서성이다가

네 울음소리를
들었느니라

243

물론 이 아비 잘못 때문이었다만
못난 이 아비

네 엄마에게 쫓겨나면
천지 어디에도
갈 곳이 없어

발 구르며 구르며
서성이며 서성이며

새푸른 하늘 쳐다보다 흰구름 끝
자그마한 그늘 언저리

네
얼굴을 보고
네
울음을 듣고
네
이름을 생각했구나

땡아

그래 돌아왔다 사과하고 사죄하고 또
다시는 그런 일 없겠다 몇 번이고 다짐하고
무실동 집에
돌아왔다

아

이제 안 떠난다
이젠 네 곁에서 글이나 쓰며

죽어도 안 간다
땡아
내 귀염이 김막내야.

땡 60

내가
누군가를 부르면
마음속으로 부르면

반드시 대답하는 소리
거실에서
땡이와

내가 누군가를 그리워하면 그때마다
땡이가 내 턱 밑에 와
야옹 한다

웬일인가

무슨 일이 다가옴인가
어떤 땐
무서움증이 든다
그날

그 대해탈의 날

나는
어디에 서 있을 건지

이렇게 함부로 살고도 그날에
하늘 우러러 부끄러움이 없을는지

그날
부디 나 없어라
이 세상에 있지 말거라

부탁한다만 부탁한다만
날 쳐다보는 땡이의 흰 수염

'가만있어!
꼼짝 말고!'

허허허
이런다.

땡 61

지난 한 달
나
땡이에게서 멀었다

나
지옥을 통과하느라
땡이를
사랑하지 못했다

땡이도
나를 보고 조용하다
나를 쳐다보며
눈이
조용하다

248

미안하다 땡이야
죄송합니다 땡이 선생님
그리고
한울님.

오늘
성탄절 새벽
온몸으로 온몸에 푸른 글자 하나

겸(謙)을 깨치고 나서

제일 먼저 떠오르는 것이

땡 –

자네일세

이제
미소 지을 수 있을 것 같네 땡 –
종소리가
내 마음 깊은 데서부터
울릴 것 같네

'같네.'

바로 그것이

겸(謙).

겸(謙)이 곧 땡 –.

땡 62

벌써
며칠째
흰 자작나무 길을 못 간다

날씨가 춥고
마음이 춥고
집안이 춥고

땡이 눈길도 춥고 또 춥다

산길에
앙금이는 얼어죽어 없고

새도
멀리서만
난다

흰 구름은 아득하고 푸른 하늘도 아득아득

아

모든 것이
겨울

내 마음 저 깊은 곳에 단 한 송이

한 송이

텅 빈 새 출발이 핀다
종소리가
허공에 울린다

단 한 번

땡.

기축(己丑) 2009년 12월 26일

땡 63

땡아

네 울음소리
단 한 번으로 나는

외로운 나는
외로움을 벗어난다

땡아

네 외로운
울음소리 단 한 번으로
나는 외로움을
벗어나

빈 들로
빈 골짜기 나직한 구름
솔숲 사이로 걷는다

앙금이

252

앙금앙금이의 추억

잠자리 메뚜기 흰 수선화
희디흰 흰 구름의
추억

나직한
바람소리의 추억 속에서 푸르른 저 하늘의
외로움을
벗어나
나 이리 미소 지으며 혼자 걷는다

땡아
너는
분명
새 시대의 종소리

외로움에도 외롭지 않은,

그렇다

월인천강(月印千江)의
무지부득(無智不得)의
화엄(華嚴)의

그렇다

방콕 밀실은 모두 다 제 나름 나름 산 우주의 시절을

산다.

땡 64

오늘 아침 신문에서
일본 도쿄의 재래시장

'아메요코'
불티나는 기사를 보다
가슴이 뛴다

'아메요코니까 마구로가 1000엔!
아메요코니까 5000엔짜리 대게가
2000엔!'

남대문 동대문 비슷하나
그도 아니다
오일장이고
바자르고
1500미터 산 위의 호숫가 장터
야르마르크트다

아하!

옛 신시
비단 깔린 장바닥이 돌아오고 있다
벌써 삼 년째
올해 들어 200만 명
작년에 187만 명
재작년에 166만 명

그렇다

아시아의 첫 샘물이 가장 먼 아시아에 돌아온다
가슴이 가슴이

펑펑펑 .
뛴다.

땡이가 내 방에 불쑥 들어와
재래 빛깔 채향(彩香) 냄새를 맡다 맡다가

또
낙관 두인(頭印)을 물고
잽싸게 달아난다

'아메요코니까 5000엔짜리 대게가
2000엔!'
'아메요코니까 마구로가 1000엔!'

이쉬꿀 호수 가는 길
푸른 키르키스 초원의 샛붉은 양귀비들이

눈에

선하다.

거기 땡이가 서 있다. 낙관을 입에 물고. 오뚝 서 있다.

땡 65

내가 누구인지
잊었다

잊어야 시를 노래한다
잊어야

내가 무엇을 할 것인지 안다

머나먼 날
아득한 우주 저편에서

누군가
내게 이렇게 묻는다

네 고향은
과연 어딘가?

258

아무리 찾아도 보이지 않는
우주 속의
고향

내가 나에게 묻는다

'어디냐?'
대답은
'여기다'
가르치는 곳을 마음을 더듬어보니
더듬고 있는 별
거기

가슴이다

거기
금각궁궐이란 곳
거기

중단전이다

이제
가슴을 펴고 부른다

땡아-

땡이가 대답한다

야옹-

그렇다
땡이 한가슴

거기서 울음이 오고 있다

내 고향이다

저녁의 바람
— 기축(己丑) 2009년 11월 24일 저녁

밖엔
바람 없다

안엔
바람 있다

많이 있다 드세다
허나 단 한 오리도 없다
시간이

시끄러운 시간이 흐르고 난 뒤엔.

신문엔
모략 중상이.

아내는
대안 모색을.

아우에겐
대처 방법을.

내 마음엔
검은 그늘이.

자작나무 숲길은 너무나 춥고
머언 곳 큰 산 위 안개는 그 옛날
애꾸눈 궁예의 불행을 가만히 내 귀에
속살거린다

아무것도 아니다
바람 없다

그러나
드센
바람 너머 내 바람 바람
성큼성큼한
이 모심의
길.

잘못투성이의
이 깨달음의
길.

아

어렵다!

앙금산(仰今山)
— 기축(己丑) 2009년 11월 18일

지금 여기를
하늘처럼 우러러 솟은 산

배부른 산과
봉화산 사이
무실리 뒷산

앙금산

빨간 딱정벌레 앙금이와
그 조카뻘 되는 흰 딱정벌레
앙금 앙금이
그보다 더 쬐그만 놈
앙금 앙금 앙금이가 기어 다니는 길
흰 자작나무길 있는
앙금산

263

우럴을 앙
지금 여기 앙금(仰今)

오늘 내가 그 이름을 짓는다
앙금이
앙금 앙금이
앙금 앙금 앙금이

모두들
메뚜기 잠자리 풍덩이며 풀벌레
송장벌레들

다아
우리 땡이 친구들의 산
앙금산

머지않아 화엄개벽과 함께
큰 해방 맞이할 그 애들의
한
산.

지금 여기
그 애들이 사람 만나
신호 보내며 대해탈 우럴은 자리

오늘
내가 그 이름 지어주는
영광을
안는다

앙금아

그래

참 영광이다.

빈터
— 기축(己丑) 2009년 11월 26일

왜
이 페이지가 비었나

왜 이곳이
빈터인가

앙금산(仰今山)과 바람의 진리 사이에
어째서
공이
개입했는가

그저께
어저께
그리고 오늘 아침에도

꼬옥 꼭 가봤으나 법보신문
마지막회의
화엄개벽 모심의 길
오지 않는다

보냈다는데 오지 않는다

희미한
깨달음 하나

나의
그 길은 오직 하나

수왕(水王)의 길
호저수왕(好楮水王)의 길
그뿐이라는 것
그것.

바람의 진리

나는 바람
예부터 나의 이름은
바람

한없이 스쳐 지나는
머물지 않는
그 바람

바로 내 이름 내 삶의 이름

어제
그 바람에 이름이 붙는다

진리.

진리의 바람?

아니다

바람의 진리도

나의 삶의 진리. 내가 살아온,
그래서 거꾸로 내가 이제 살아갈 나의 내일의
새로운 바람의
이름

진리.

그 진리 앞에
오늘 아침

나는 자그마한 주소 하나를 붙인다

배부른 산 무실리(無實里) e-편한 세상
앙금산(仰今山) 아래 땡이네 집 등탑(燈塔)
현람애월민(玄覽涯月民) 앞.

그렇다

이제부터 불어갈 나의 바람의 진리는 이것.

호저수왕선(好楮水王禪).

'종이로 글로만 세상을 움직이는 물의
사상으로 그 가는 길을 생각함.'

기축(己丑) 2009년 11월 19일

물을 찾아서

바람이 심할 때마다
물을 찾아
헤맸다

참으로 물을 찾는 줄 모르고
불을 켜고
불을 태우며
어둠 속으로 어둠 속으로 걸었다

길고 긴
길

지치고 넘어져
나 자신에게 거의 완전히
절망했을 때

바람이 말해왔다

'불아!
너는 지금 물을 찾아가고 있다

물아!
너는 지금 불에서 빛을 찾아가고 있다.'

오늘 새벽이다

내 나이 예순아홉
거의
죽음 직전에.

삿갓봉 아래

나 죽으면

꼭

화장해서

문막 여주 사이 삿갓봉 아래

산골하라

흩어지고 싶다

기념행사도 동상도 사진도 안 된다

단

연구는 된다

잘잘못 너무 많으니

그렇다

나는 글자 그대로

흰 그늘

흰 그늘은 나의 이름

새벽 뿌우연 어둠 속에서

바람이

내게
들려주었다

피할 수 없는 운명 흰 그늘

흰 그늘은 나의
이 한반도에서의 사명이기도 했으니

흰 그늘은 아마도
저 세상까지도 내게
주어진 우주의 그늘진 뒷길

어쩔 수 없어
그저
갈 뿐이다.

길가에서 한 송이
꽃 볼 수 있다면 다행이다.

기축(己丑) 2009년 11월 22일 새벽,
배부른 산 무실리에서

백암(白闇)

흰 그늘
그리고 white shadow.

어둠의 문 안에 갇힌
소리

팔려사율(八呂四律)이 열고 나오는
하아얀
빛

흰 그늘.

그래서 등탑(燈塔)임을
어제에 이어 오늘 새벽에야 이리 조용히
깨닫는다

십여 년이 훨씬 흘러간
오늘에야 비로소
안다

엄마
우주엄마
당신이 이 검은 땅에 오셨습니다
문을 열고 살며시
이제
나오십니다.

아아
나의
참
어르신.

고개를 돌린다

고개를 돌린다
내 조국이 이미 조국이 아님

옷깃을 올린다
바람이 분다

저기
멀지 않은 날
신종플루보다 더 악한
괴질이 오고 있음
환히 보인다

말하고 쓰고 또 말했으나
내 조국이 이미 조국이 아님
고개를
돌린다

가슴 쓰라리다
많은 사람 쓰러지는 모습이
환히 보인다

바람이 분다
나의 일은
그러나 내가 한다

내 길은 끝끝내 갈 것이다

기축 2009년 11월 23일,
배부른 산 무실리(無實里)

수왕고(水王苦)

수왕(水王) 찾아 가는 길
힘들다

길 힘들기보다
마음
수왕(水王) 기리는 마음 어렵다

바깥도 그렇고
안도
그렇다

사강나래 소동도 내 마음속
공부도 다 그래

그저께
어저께

밤낮 잠 못 자고 몸부림으로.

헤매고 헤매다가
이제야 겨우

앙금산(仰夅山)에 돌아온다

앙금(仰夅)

지금 여기 나의 수왕(水王)의 길이 옳다
그러니 이젠
호저(好楮)뿐이다.

기축 2009년 11월 26일,
배부른 산 무실리(無實里)

흰 그늘

검은 암소가
무엇인지 알았다

기름이
어떤 것인지도, 이제는
깨달았다

시커멓다

그래서도
호저면 고산리
섬강

달무리 물속에서 빛나는
저 높은 산도
눈부시게 흰 닥나무 무늬무늬무늬

호저수왕(好楮水王)의
누른 치마
흰 문채

다아 깨달았다

해월(海月) 선생의 원진녀(元鎭汝) 생가(生家)에 간 것은
어제 낮인데
깨달음은
오늘

오늘
새벽

하아얀 그늘을 이제야 화안히

다 알았다

편안하다

이젠
내 길을
말없이 가겠다.

(아!
시커멀수록
쌔하얗구나!)

기축 2009년 11월 28일 아침,
배부른 산 무실리(無實里)

2012년

.

2012년
새해 뒤
오바마도 후진타오도 하토야마도
김정일이도
이명박이도 모두 다

힘들 것
어려울 것

민족과 세계 사이
복승확충의 복합주의 앞에 부딪친다

어찌
밀고 가려나

허허

월인천강(月印千江)
일미진중함시방(一微塵中含十方)

뻔할 뻔!

허허허

아마도 그땐
물이
온다

아마도 그땐
수왕(水王)이
온다

허

기축(己丑) 2009년 11월 28일

구름 속의 달

— 기축 2009년 11월 27일 1시,
  호저면 고산리 해월 선생 피체지에서

답답하다
막막하다

그러나 화안하다

이제
달의 시대가 온다
해가 꼭 달 같구나.

(중국에 할 말은 다음이다.
인의예지(仁義禮智) 수심정기(守心正氣)라!

태극(太極)의
참 모습은
극태(極太)란다!)

엄마의 편지

나
엄마다

물을 깨달았다니
반갑다

만나야 한다 다섯 사람의
물을 만나
흰 그늘을 열어

문을 열어
팔려사율(八呂四律), 비단 깔린 장바닥 신시(神市)가
다시 시작되도록!

아가

너밖에 없다

간다

부디 엄마를 잊지 말도록 그 엄마는
이제 세상을 보듬는다
그 엄마는
북극에서 온다

물.

알지?

기축(己丑) 2009년 11월 29일 일요일 아침

엄마 보옵소서

엄마
보옵소서

그렇다 해도
그리해
흰 그늘이 모심의 엄마라 해도

난
이제
차라리 여리고
하얗습니다

못 갑니다 아무리 애써봐도
난 그저

흰 무늬 꿈꾸며
종이의 길 달무리 뜬 호저(好楮) 쪽으로 난,

보옵소서

거기 혼자 공부하며
수왕(水王)의 길 외롭게
가렵니다

안녕히 계십시오
참말

뵙고 싶습니다. 엄마.

욕

대통령이란 이가
사대강 수질오염을
로봇물고기로 막을 수 있다고
강연한 뒤

전화로
후배에게
온종일 욕하고 나서다

완전히 속이 뒤틀려
완전히 지쳐서
제 에미 씹헐 소리를
입에 달고
쓰러져

밤새 생각한다

겸(謙).

다 버리지 않으면

노(勞).

세상을 위해 일할 수 없다

그렇다

욕이고 기대고
미움이고 사랑이고

다아
놓아버리자

내 조국은 이곳이 아닌
세계요 인류요 지구요 중생이다

가자.

욕들이
수없이 많은 욕들이 나를 떠나
천천히 앙금산 흰 자락 나뭇길을 따라

앙금이
앙금 앙금이
앙금 앙금 앙금이처럼

헤헤헤 웃으며
사라진다

안녕.

젊은 날들이여 잘 가거라.

2009년 11월 30일

겸(謙) 1

어제

빙모님 동상 제막식에 가서
한마디 하는데

'나 박지하요'

하니

원 세상에
그렇게 좋아들 할 수가 없다
미치고 환장하는 거라!

아하

나는 그때
크게 깨달았다
크게

세상은 옛날이나 마찬가지다

공자 이래 한치도 안 변했다

돌아오는 길에
다시 한 번 깊이 결심한다

겸(謙).

겸(謙) 2

아무리 아무리
말해줘도 몰라

모르거나 안 듣거나 아예
자리를 일어서서
딴 데로 간다

죽지 않는 생명체 나올 때도 그래
'해파리가 뭐더라?'
이따위

오호쯔크 해 기단 냉각 현상도
'에이 농담이겠지!'
이따위

허허

동해안 저온으로 해수욕 장사 폭삭 망하는데도
강원도청 최고 간부나 강릉시장이란 자 왈

'에이 농담이겠지!' 이따위

허허허

직면하기가 겁나는 거다
비겁 이외에 아무것도 아니다

허

이제야 이해한다

겸(謙) 3

누군가
말한다

'그건 겸(謙)이 아니라
욕이다'

그래도
마찬가지
지산(地山) 지산(地山) 지산(地山) 겸(謙)

창녀 밑구멍 아래 들어가
큰돈 주고 썩은 보지 핥아주기

낮은 산 아래
오십층 아파트 세우는 놈 보고
잘한다 잘한다
박수 쳐주기

사대 강 때려부시며
로봇 물고기로 수질오염 감시한다는 놈더러

'에에라
이, 이, 이 똑똑한 분아!'

큰절하기.

그래

모두 다
겸(謙).

허허허허허도
마찬가지

겸(謙).

겸(謙) 4

가리라
산길 가리라
산길 가다

우리 앙금이
새끼 딱정벌레
앙금 앙금이며

날으는 잠자리 뛰는 메뚜기
쬐그만 쐬기풀
풀벌레들
보리라

보리라 내 형제들
만나

안녕
안녕

인사하며

헤헤헤 웃으리라

겸(謙).

노겸(勞謙)

십년 전
어느 날

한울은 내게
노겸(勞謙)이라는 이름을 주셨다

깊이는 몰랐다
그 뜻을

몸이 아닌 마음의 큰 변을 당한 뒤
세월 흐르고

나
배부른 산 무실리(無實里)
내 마음의 지도
이른바
나의 노안지(老安地)에 와

석 달이
지나서야 이제야

안다

이제야
그 뜻이 다름 아닌

겸노(謙勞)임을 깨닫는다

내가 누구임을 아는 만큼 내가 이제
무엇을 어찌해야 함을

어디로
가야 하는지
가
어찌 해야만
모두를 위해 좋은지
그전에

내가
어떤 마음이어야 하는지

이곳

열세 살에 아버지 따라와
거의 모든 세월 살아온 곳

옛 가난한 봉천 냇가의
옛옛 평원동(平原洞) 지금도
하나 변한 것 없는 그 가난한

동네를 어제
한참을 걷고 난 뒤

비로소
알았다

참으로
겸노(謙勞)만이 노겸(勞謙)임을 깊이
깨닫는다

돌아와
무실리에 돌아와

모든 투쟁을 쉬고 나의 길
종이로만 물과 달의 시절을 걷는 길
잔잔히 가기로
마음먹는다

자연스럽구나
이래야 겸(謙)이고
이래야

참으로
노(勞).

이제 참말
새날이다.

참말로 현람애월민(玄覽涯月民)이다

호저수왕(好楮水王)의

길 가는

자그마한 한 사람

기축(己丑) 2009년 12월 4일 새벽 5시

짝퉁은 즐거워

— 2009년 12월 16일

몹시도 추운 날 아침

마당에서 인부들이 차에서 짐을
사다리로 끌어
아파트 고층으로 올리며 소리소리 지른다
허허허
웃는다

나는
여기가 일산인가 서울인가 생각한다
하나도 다름없다

즐거워하는 것도 다름없다
왜 즐거워하나

짝퉁이기 때문이다
짝퉁

본디
사다리로 짐 퍼나르기 시작은

뉴욕이다

뉴욕 퍼얼 컴퍼니 아파트 하역부터
전 세계로 퍼졌다

뉴욕을
서울을
그래서 원주에서도
그것을 그대로 흉내 내는 게
즐거운 거다

돈 벌이는
그다음이다

그 광경을 보며 나 역시 히히 웃는다
내 몸 안에 사다리가 올라간다

나는
천천히

엘리베이터라는 사다리를 타고
십층
우리 집까지 오르며

내내
고개 갸웃거리며 웃는다

'짝퉁은 즐거워?

짝퉁은 즐거워?'

히히히히히
짝퉁?

신(神)의 기원(起源)

어젯밤에 이어
오늘 새벽

똥
——
296

또
아침 뒤에까지도 이어진다

한
여인의 환영을 안고
끝내 뒹군다
끝끝내

싸고 싸고 다시 싸고
또 싼다 또다시
꽂고
헐떡거린다

307

무한성교다
문득

눈에 서가로부터 한 권의 책 제목이

불쑥 들어와 꽂힌다
꽂힌다

'신(神)의 기원(起源)'
하신(何新)의 책이다

신(神)은
고대인의 무한성교 과정에 끼어든
터부였을까?

중지 명령이었을까?

아니나 다를까
내 안에서
문득
헐떡거림이 멈춘다

서가에 가
하신(何新)의 책을 펼친다
사십육 페이지다

복희(伏羲).

—복희와 여와의 얽힘
현상이 신의 새로운 시작이다.—

새로운 시작,
성교 속에 신이 개입한 것이다

아하

오늘 아침
진정한 신(神)의 기원을 배운다
그 기원을
다름 아닌
산동성의 옛 동이족
복희 씨로부터.

겸개벽(謙開闢)

지난
8일
서울 가
할아버지 보던 날까지
꼬박 일주일

죽다 살아났다
죽다 살아나며
마음과 몸에 극도의 고통으로 다지고
또 새긴

글자 하나가 있다

겸(謙).

그런데 이렇게
한 달도 되기 전에
까맣게 잊는다

아내가 반말한다고

화를 벌컥 낸 것이다

겸개벽(謙開闢)이라고까지 했는데
이 모양이니

참말 개벽은
어떻게
올 것인가

무연히 앉아
이 추운 날

아내는 굳게 입 닫고
날 쳐다보지도 않는
이 썰렁한
일요일

갈 데가 없다 마음 붙일 곳도 없다

호저(好楮)에 가
선생님께
또
한마디 묻고나 올까

내 마음의
겸(謙)

수왕(水王)은 참말

언제 오나.

거기

여기까지 오는데
거기가 있다

여기까지
이 숲과 산과 물과 안개
그리고 긴긴 길이 있는 소도시 원주
여기까지 오는데

거기

여주휴게소 뒤쪽의
텅빈 곳
변두리의
자그마한 주막 밥집
'신문안'이 있다

신문안(新門安)

한 공장 곁 서투른 한 촌주막
아직도

그런 곳이 거기 있어

나의 오늘이
이리 기쁘다.

가까이는
옛 민비의 무덤도
한백겸의 무덤도 있다

가까이는
여주강도 있다

그러나
내 마음에 있는 신문안

거기 그런
어수룩한
쓸쓸한
텅 빈 주막 있어

오늘의 내가
이리 충만하다.

애쓰는 못난이

춥다

스산하고 하도 스산해
그 옛날
열세 살 때 고향에서 쫓겨와
엎드려 내내 살던
개울가
평원동
시커먼 골목을 찾는다

왠지는
나도 모르고

지금도 시커먼 가난뱅이 동네 길
걷다 걷다

단구동
박경리 토지문학공원
그 쌔하얀 곳

자물쇠 걸린 대문 앞에 가
한참을
주문 기도한다

'흰 그늘
이루라'

어디선가 들리는 듯
들리는 듯

동쪽 치악산 서쪽 미륵산 남쪽 백운산
머언 북쪽 횡성 사이
벌판을 내내 걸으며

이제야

내 호 노겸(勞謙)의 뜻을 비로소 깨친다

경인 2010년 양력 초하루

'애쓰는 못난이'
또는
'못난 학생' 또는 '못난이가 애써 살지요'

아

오늘 잔잔히
겨우

흰 그늘 이루는구나.
쌔하얀 호랑이 해에 초하루에.

경인 2010년 양력 초하루

카비르

새벽에 깨어
문득 생각하니

카비르 시가 삼천 수 넘는데
내가 이제껏 쓴 시가
겨우
수백 편

생각을 생각을
그대로 쓸 수는 없다
생각을
바꿔야 한다

생각마다 발걸음마다
시를 생각하는 시를
생각해야 한다

318

시는
한울이요 부처요
흰 그늘이니

시는
수도 없이 터지는 우주 저쪽의
초신성

새로운 이름이니 그때마다
이천육백칠십두 가지의
부처님 명호처럼

새로이 새로이
시가 된다

아

우주여
내 안의 우주 생명이여

네가
내겐

매일 매 순간 시다

시가
내 밥이요
내 삶

아직껏 수백 편뿐이라면
아직도 나는 수십 년 더 살 것이다

누군가
내게
말했다

'카비르 따라가려면 아직 멀었다

너는 아직도
고생을
별로 모르니……'

남쪽 고향에

남쪽 고향에
새로 쓴 시집 초본 한 벌 보낸 날
밤에
오리구이를 먹으며
운다

내가 누군가?
내가
내 고향을 열세 살에 쫓겨나
지금 나이
칠십인
한 나그네

그러한 내가 누군가?

나
느을
고향 가고 싶어하는
집 꽃밭의 작은 할미꽃 좋아하던
토박이

흙토박이 아이
영일이

두꺼비 보면 두꺼비 흉내 내고
참새 보면 참새 흉내 내고
흰 구름 흉내를 내려다
끝내 못 내고
땅에다 돌팍으로

아

동그라미 하나 그리고 나서 하늘 보고
한숨 내쉬던
멍텅구리

그 영일이.

운다

내 고향 남쪽에 문득 써갈긴
사십 편 시집 초본 한 벌 보내고 나서

'산알 모란꽃'이란
서투른
서투른

아

눈물밖에는
오리구이 곁들일 술 한잔이 없구나

열세 살
열세 살

고향을 쫓겨나던 날
아버지 얼굴의
그
샛노오란 절망.

나
이제
못 간다

나
이제
여기
배부른 산 무실리

노겸(勞謙)이란
너무 어려운
한울이 내게 어느 날 내려준
그 이름으로
산다

못 간다 그러나 나 이미 가 있다
거기

맹꽁이 울던 함석집

아버지
중선으로 피신한 뒤 옮겨간
쓸쓸한
그 집.

한
작은 할미꽃으로 산다

무실리 다
배부른 산 아래. 텅 빈 땅.

괴산(槐山) 사람이

괴산(槐山)에서
농사 짓는 사람이

어젯밤 전화로
자꾸만
내게 오겠다 해서

안 만난다
신문 속에서 마당에서
요즘 눈사태 강추위 만나라

거기
내일 농사 있다
그랬더니

−온난화만이 아니네요
−간빙기 들어온 게 언젠데
−또 있는 것 같아요
−지구 자전축 북극 이동
   태양흑점, 태양열 식는 지난 11년

또 있어

-달이죠?

-그래. 달에서 물 찾은 것.

-그럼 어째요? 좀 만나주세요

-안 만나

-그럼 어떡해요?

-스스로 찾아!

-어디서?

말을 아꼈다

그러나

하룻밤 자고 나니

새벽에

한마디 떠오른다

(농부라면 바람에서 찾아야지.)

바람!

적도 황도 일치하고

춘분 추분 중심의 주야 평균

그것이

바람!

유리 사천 년의 바람. 동해안의 저온

바로
그 바람!

시작

오늘
끝장을 맞는다

그 끝장을 나는 시작으로 맞는다
시작

환골탈태의
시작. 개벽의 시작.
될까?

되거나 말거나 끝장은 끝장이고
시작은 시작이다

하느냐 마느냐는
나에게
나의 운명에

그리고
한울에 달렸다

그러니
조용하다
내 마음 고요해
꼭
죽음 같다.
끝은 끝이로구나
그러니
시작은 분명
시작이로구나.

1월 9일 오후 세시 반

귀향

새벽마다 바치는
모심의
선기도 대신

이렇게 하면 안 되나요

'나
이제 돌아왔다'

귀향 말입니다

그때
네 살 때 다섯 살 때
그때부터 아버지 찾아
전국을 떠돌 때

330   끝없이 돌아가고 싶던 고향집
검은 함석집 마당

두꺼비 참새

채송화며 할미꽃 맹꽁이 울음소리
내내 흉내 내며

가끔은
뒷산에 올라

아득한 영산강 해남 반도 바라보던
거기

내 이제
배부른 산 무실리에 와

집 안에서
땡이와 놀고

봉화산 뒷길 자작나무 밑
딱정벌레 앙금이
앙금 앙금이

지금은 다 죽고 없는,
이제 새봄엔 또다시 만날 그 애들

늘
그리워하고
밤엔
누워서 떠올리는 이 세월 이 세월이

아

이제 모심의 선기도 대신

'나
이제 돌아왔다'

이렇게 하면 안 되나요
귀향 말입니다
육십삼 년째올시다
기인 긴 멀미였어요

그래서
감옥 나온 뒤
여길 지나며 속으로 울며
종이에 끄적인 한 구절 내 운명

'배부른 산 무실리
내 마음의 지도'

내 마음의 지도

검은 함석집 마당
거기
다섯 살 여섯 살 그때.
안 되나요.

누군가
어젯밤 내게
머언 세월 저편에서 말합니다

-어서 오너라
어서 와 뜨거운 국을 마셔라-

쬐끄만
우리 앙금이 생각하며
웁니다

불을 켜니

방 밖에서
일찍 깬 땡이가
웁니다

참말
귀향이라 불러도
괜찮을까요?

경인(庚寅) 2010년 1월 7일 새벽 6시,
배부른 산 무실리 땡이네 집에서

여덟 발걸음에

검은
함석집에서
꼭
여덟 발걸음에

구시나무집에 갔어요
내 친구
성일이한테요

내 친구지만 거룩한 아이
그는 말이죠
그때 우리 아그들 영웅
정일담의
조카

일본놈 헌병
셋을 맨손으로 때려죽이고
목포 시내 요릿집에서 여덟 발걸음에
만주로 튀어 달아나
일본놈 소탕하는 마적대장 됐다는

그 일담이 흉내 내느라
꼭
여덟 발걸음.

푸른 구슬 실에 꿰어
목에 걸고 꼭 머언 비녀산 너머
만주 벌판 바라보면서 놀았지요

그때는
기차보다
시커먼 기차보다
하아얀 구름이 더 빨랐어요

우리한텐
그랬지요

만주 가는 덴 일본놈들 그 검은 기차보다도
하늘의 눈부신
그 흰 구름이.

그런 어느 날 구시나무집
성일이가 갑자기 외쳤어요

'구름이
더 빨라.

구름 타고 가는 게 훨씬 훨씬
더 빨라.

그래 여덟 발이야
아득한 만주까지 꼭 여덟 발걸음!'

그래요
그 흰 구름이 무엇이었을까
지금도 늘 생각합니다.